온라인 게임의 신부는
여자아이가 아니라고
생각한 거야?
Lv.11
Kineko shibai
키네코 시바이 지음
ill: Hisasi

【현실】
둘러싸인 동결 캐릭터
영정사진 같은 테두리에
업데이트 이후 운용
현실 세계의 니시무라 히데키
요즘에는 약간 반에서 붕 뜬
위치가 돼서 위험한 오픈 오타쿠.
예전에 어딘가에서(※3권) 봤던
이 화면의 의미는…….
"저, 제가 죽어있는데요?"
현실 세계의 타마키 아코
요즘에는 온라인 게임과 현실이
구별 가능해진 것 같은
커뮤니케이션 장애 외톨이 걸.
하지만, 이 상황을
눈앞에서 보게 되니…….
현실 세계의
세가와 아카네&고쇼인 쿄우
이번에는 화면 바깥이지만,
미처 다 숨기질 못하는 오타쿠&
슬슬 과금 중독 같은
아가씨도 당연히 동결 중.

운영진의
표현, 약속
【이상】
홀리 클레릭
반짝이는 빛을 발하는
새로운 직업 업데이트의
이상과 현실

슈/세가와 아카네
온라인에서의 슈
화력 지상주의인 소드 댄서(⇕)
⇒신인 댄서. RP주의인 슈는
소드가 빠지면서 성격까지 변해버렸을지도♪
또한 가슴 이야기는(빠~앙).
†애플리코트†
/고쇼인 쿄우
온라인에서의
†애플리코트†
과금 지상주의인 마법사(⇕)
⇒신인 아처.
원거리라면 이쪽도 해보자는
뜻으로 궁수가 되었다.
멋있는 †는 검은 마술사 씨 리스펙트.
시작하자! 레벨 1 대모험
※단, 레벨 30까지 한정

루시안'/니시무라 히데키
온라인에서의 '루시안'
방어구 지상주의인 아머 나이트(♂)
⇒신인 디컨(사제).
아코와 직업을 바꿔서 힐러를 하게 되었다.
「'」을 뭐라고 읽는지는 자유롭게~!
☆아코☆
/타마키 아코
온라인에서의 ☆아코☆
외모 지상주의인 카디널(♀)
⇒신인 나이트. 모처럼 카디널이
된 것도 잠시, 이번에는 탱커가
되고 만 별아코입니다.
Lv1 HP/42 MP/11
Name ☆Ako☆
Job Novice⇒Knight
Sex Female
Atk/10+45 Mat/2+0
Def/4+62 Mdf/3+3
Lv1 HP/42 MP/43
Name Rusian'
Job Novice⇒Deacon
Sex Male
Atk/2+25 Mat/11+45
Def/4+14 Mdf/12+0
Lv1 HP/40 MP/13
Name †Apricot†
Job Novice⇒Archer
Sex Female
Atk/12+15 Mat/12+0
Def/2+15 Mdf/11+3
Lv1 HP/40 MP/41
Name Shoe
Job Novice⇒Dancer
Sex Female
Atk/3+45 Mat/11+0
Def/2+15 Mdf/11+3

"거~기~서~!"
"나 잡아 봐냐훗!"

CONTENTS

And you thoug
there is Never a girl online

DESIGNED BY AFTERGLOW

온라인 게임의 신부는 여자아이가 아니라고 생각한 거야?

키네코 시바이 지음
Hisasi 일러스트
이경인 옮김

Lv. 11

프롤로그

"자자, 너희들. 그렇게 싸우지 말라고."

And you thought there is Never a girl online?

온라인 게임 안에서 싸워본 적 있어?

파티를 맺은 사람과 말다툼을 한다든가, 길드 사람과 실랑이를 벌인다든가— 아아, 아코는 싸우게 되면 도망치는 쪽인가? 하긴 그렇지.

나도 그다지 싸운 적은 없어. 상대도 같은 게임을 하는 동료라고 생각하면 그리 화나지 않으니까.

하지만 사람에 따라서는 진짜로 큰 싸움을 벌이는 경우도 있더라.

꽤 최근 이야기인데, 잠깐 퀘스트를 하려고 친구와 약속을 잡았었거든.

근데 그 상대가 시간이 됐는데도 약속장소에 안 오는 거야.

귓속말을 보내봤는데—.

◆루시안 : 어~이, 이제 슬슬 시간 되지 않았어? 아니었나?

◆로코모콘 : 미안, 길원들이 다투고 있어서 못 움직여!

그런 대답이 오더라고.

확실히 로코모콘 씨는 어느 길드의 길드 마스터였었지.

◆루시안 : 무슨 일 있어?

◆로코모콘 : 있다니까!

◆루시안 : 오래 걸릴 것 같아?

◆로코모콘 : 오히려 도와달라고~!

나하곤 상관없는데 무슨 소리야! 라고 생각했지만, 기다려도 안 온다면 어쩔 수 없잖아. 로코모콘 씨의 길드가 모이는 곳까지 갔지.

그랬더니 공개 채팅창에서 이러더라.

◆나미카제 : 그니까 뭐야, 정해진 규칙을 깨고 싶다는 소리야?

◆돈 모르히네 : 그건 아니지만, 그래도 너무 편중됐다고 생각하는데?

◆나미카제 : 그런 일도 있을 수 있다는 전제로 정했었잖아.

◆돈 모르히네 : 규칙이니까 절대적이라고 하면 아무 말도 할 수 없다고.

◆나미카제 : 그러니까 말할 필요도 없어. 규칙대로 하면 끝이라고.

◆돈 모르히네 : 규칙규칙 거리면서 아무런 양보도 하지 않는다면, 고정으로 할 의미도 없지 않아?

대놓고 다투고 있잖아!

듣고 있기만 해도 위가 아파지는 상황이야!

◆루시안 : 무, 무슨 일이야? 이거.

살짝 귓속말로 물어봤지.

◆로코모콘 : 오늘은 카타피닉의 리셋일이라서 전원이 가기로 했거든.

◆루시안 : 흠흠?

카타피닉이라면 카타스트 피닉스인가?

12인의 대규모 파티로 도전하는 불사조 신전의 보스.

이른바 엔드 콘텐츠의 일종으로, 일주일에 한 번밖에 쓰러트릴 수 없는 몬스터……였다고 기억해. 아무래도 엄청 강하다고 하던데, 솔직히 우리하고는 인연이 없는 적이지.

그리고 그 카타피닉은 쓰러뜨리면 드롭으로 강한 장비가 세 개나 나온대. 그것도 종류는 완전히 랜덤이라 뭘 입수할지 전혀 알 수 없어.

그러니 참가자는 제3지망 정도까지 갖고 싶은 장비를 생각해두고, 나오기를 비는— 그런 파티가 많다고 하던데—.

◆로코모콘 : 드롭이 편중돼서 불공평하다며 다투고 있는 거야.

◆루시안 : 흐음, 그런 거군.

◆로코모콘 : 8주차인데, 10개를 먹은 사람하고 한 개도 못 먹은 사람이 있다니까.

◆루시안 : 그건 확실히 심한데?

애초에 확률은 편중되는 법이니, 자주 있는 일이긴 하지만 말이지.

◆로코모콘 : 그래서 10개나 먹은 미캉이요캉 씨에게 나온

3지망 장비를 한 개도 못 먹은 화련화 씨한테 양보하라고 하면서 싸우게 됐어…….

◆루시안 : 허어, 그렇군.

◆루시안 : …………아니, 누구야, 그건.

갑자기 모르는 사람의 이름이 나왔는데?

◆루시안 : 아이템을 먹지 못한 건 저 돈 모르히네라는 사람 아니었어?

양보니 뭐니 말하고 있으니까.

◆로코모콘 : 저 사람은 아니야.

◆루시안 : 아니야?! 그럼 나미카제라는 사람은?!

◆로코모콘 : 저 사람도 아니야.

◆루시안 : 상관없는 사람끼리 싸우고 있는 거냐?!

왜 저렇게 된 건데?!

◆로코모콘 : 그게, 화련화 씨는 딱히 상관없다고 했고, 미캉이요캉 씨도 양보한다고 했었고…….

◆루시안 : 당사자가 엄청 좋은 사람이잖아! 왜 다른 쪽에서 다투는 건데!

◆로코모콘 : 모르 씨는 한 개밖에 먹지 못했고, 나미카제 씨는 여섯 개 정도 먹었으니까.

◆루시안 : 대리전쟁이냐!

귀찮은 패턴이잖아!

◆돈 모르히네 : 그런 일이 이어지면 결국은 고정 자체가

끝날 텐데?

◆나미카제 : 규칙이 애매해지는 쪽이 더 엉망이 될 거라고.

◆돈 모르히네 : 신뢰관계가 있어야 규칙이 있는 거라는 생각 안 들어?

◆나미카제 : 기분에 따라 규칙을 깨려는 사람이 신뢰라는 소리를 해?

아아, 뒤에서 이야기하는 와중에도 엄청 싸우네.

◆로코모콘 : 어떻게 하지?

◆루시안 : 나한테 물어봐도 말이지…….

◆로코모콘 : 루시안네 길드였다면 어떻게 했을 거 같아?

◆루시안 : 우리는 장비 이야기로는 안 다퉈.

아무도 장비하지 못한다든가, 모두 장비할 수 있다든가, 팔면 엄청 비싸다든가.

그런 아이템은 상의나 가위바위보로 대충 넘겨주니까.

귀속되지 않는 장비라면 빌릴 수 있다. 언제나 함께 있는 우리는 굳이 자기 손에 들고 있을 필요가 없단 말이지.

◆루시안 : 단지, 어떻게 하든 싸우게 될 것 같은 경우에는…….

◆로코모콘 : 경우에는?

◆루시안 : 길마가 판정을 내려.

믿음직한 마스터가 독단과 편견으로 결정한다. 보통은 강권을 휘두르지 않는 마스터이기에 가끔 지시가 내려오면 순순히 따르게 된단 말이지.

그 말을 들은 로코모콘은 노골적으로 싫은 표정을 짓더라.

◆로코모콘 : 에이, 길드 마스터가 그런 걸 해야 해?

◆루시안 : 그야 해야지.

오히려 그걸 위해 있는 거잖아.

여차할 때 정리를 하는 게 길드 마스터의 중요한 일이야.

◆로코모콘 : 하지만 다들 납득해준다면 그걸로 충분하고, 잘난 척 하고 싶지도 않고…….

◆루시안 : 말이야 좋긴 하지만.

우리가 소곤소곤 대화를 나누는 동안에도—.

◆돈 모르히네 : 누구든 운이 나쁠 때가 있으니까, 언젠가 자기가 후회할걸?

◆나미카제 : 나는 운이 나쁠 때 투덜거리지 않는데?

여전히 끝나지 않고 다투고 있는데?

◆루시안 : 이건 단호하게 정해주지 않으면 다들 납득하지 않을 거야.

◆로코모콘 : 으으…… 잠깐, 루시안. 대신 말해줘~.

◆루시안 : 우째서?!

나는 아무 상관이 없는데— 라고 생각은 하지만, 일단 의리상 말을 걸어볼까?

◆루시안 : 자자, 너희들. 그렇게 싸우지 말라고.

◆돈 모르히네: 외부인은 조용히 있어.

◆나미카제 : 방해야.

◆루시안 : 하긴 그렇죠오오오오.

◆루시안 : 호된 꼴을 당했다니까.

◆아코 : 루시안은 친구가 많지만, 그것 때문에 자주 곤란해지네요.

◆루시안 : 부정은 못하겠네.

그건 그것대로 즐거우니까 상관은 없지만.

◆아코 : 결국 어떻게 됐나요?

◆루시안 : 우연찮게 그 자리를 지나가던 마스터가 일갈을 날렸어.

『파티의 드롭은 전원의 공적이자 책임 아니냐! 개인의 운에 원인을 떠넘겨서 보수를 주느니 뺏느니 다투다니, 추하다고 생각하지 않는 거냐!』— 이렇게 열변을 토했다.

최종적으로 미캉이요캉 씨가 갖고 싶은 장비를 모두 함께 구하러 가자는 진취적인 이야기를 하며 마무리되었다.

◆루시안 : 기왕 그렇게 됐으니 같이 가면 좋았을 텐데, 마스터는 해결되자마자 가버리더라.

◆아코 : 그러니까 마스터는 외톨이인 거라고요.

◆루시안 : 남 말할 처지냐, 아코…….

공개 파티로 참가하면 친구 리스트가 아니라 블랙리스트에 사람이 늘어나는 타입이건만. 가끔 친구가 아니라 스토

킹을 하는 이상한 놈도 만나건만…….

◆아코 : 저는 친구가 없는 대신, 그런 사건에 말려드는 일도 없으니까요.

◆루시안 : 좋은 건지 나쁜 건지.

◆아코 : 하지만 길드에 사람이 계속 많았다면, 저희도 인간관계에 큰일이 벌어졌을지도 모르겠네요.

◆루시안 : 아아, 그건 그럴지도.

그렇게 생각하면, 역시 길드에서 나온 건 옳았던 걸지도 모른다.

다시 만든 2대 앨리 캣츠는 평소처럼 평화로운 길드가 되었다.

그래서 문제도 걱정도 전혀 없다. 이대로 즐겁게 게임을 하면 될 거라 생각했다.

그런데 설마, 트러블메이커인 우리가, 본인들이 원인이 된 게 아닌 사건에 말려들게 될 줄이야— 아니 정말, 진짜로 좀 봐줬으면 좋겠다.

1장

"세테 씨, 돈 좀 주세요."

나는 나름 온라인 게임을 오래 해왔기에 여러 상황과 조우해봤다고 생각한다.

게임에서 스토킹을 당한 적도 있고, 계정 해킹을 당해서 캐릭이 사라진 적도 있고, 결혼식을 한 적도 있다. 두 번이나, 같은 애랑. 또한 스토커와 동일인물이다.

그런 내게도 이건 처음 있는 상황이었다.

◆루시안 : 사람이 너무 많아서, 지면이 보이지 않아…….

정확하게는 지면 그래픽이 보이지 않았다.

지면이 보이지 않는 상황은 자주 들어봤지만, 지면 그래픽이 보이지 않는 상황은 꽤 진귀할 거라고 생각한다.

온라인 게임에서 플레이어가 모이는 장소야 많지만, 대부분은 퀘스트나 쇼핑 등의 목적이 끝나면 곧바로 사라진다.

하지만 지금은 다르다. 터무니없이 많은 캐릭터가 한 곳에 모였고, 게다가 아무도 움직이지 않았다. 사람은 늘어나기만 해서 점점 인구밀도가 높아졌다. 지면 그래픽이 보이지 않을 만하다.

이래서야 이젠 이동조차 제대로 할 수 없다고.

◆슈바인 : 크, 여기면 되냐? 이 몸이 어디 있는지도 모르

겠잖아.

◆애플리코트 : 커맨드를 입력해서 좌표를 확인해라. X95, Y110이 예정지다.

◆루시안 : 켁, 꽤 틀어졌어!

좀 더 위쪽인가! 젠장, 열심히 이동해야지!

◆슈바인 : 클릭할 수 있는 범위라면 문제없잖아, 대충 다 가가라고!

◆루시안 : 최대한 가까이 가지 않으면 불안하잖아!

사람을 헤치며 필사적으로 목표 지점으로 다가갔다.

◆아코 : 안녕하세요~.

그때, 늦은 시간에 들어온 아코가 채팅창에 나타났다.

◆루시안 : 헬로.

◆슈바인 : 오우, 늦었구나.

◆애플리코트 : 안녕.

◆아코 : 죄송해요. 가족끼리 밥을 먹으러 나가서요. 루시안도 좀 와주시지.

◆루시안 : 안 가.

왜 타마키 가(家)의 외식에 나를 부르는 건데? 새빨간 타인이잖아?

◆아코 : ……어라? 다들 어디 계세요?

아코는 평소의 찻집에 있는 모양이다.

우리도 보통은 거기서 느긋하게 보내지만, 지금은 다른 장소에 있단 말이지.

◆루시안 : 수도 북쪽에 있어~.

◆슈바인 : 사람이 쓰레기처럼 많으니까 바로 알 수 있다고.

◆아코 : 네~.

그런 채팅이 흐르고 몇 분 뒤—.

◆아코 : 뭐, 뭔가요?! 이건!

아코의 비명이 울려 퍼졌다.

하긴 그렇죠~. 이 광경을 보면 그렇게 되겠죠~.

◆아코 : 루시안! 어디 있나요~?!

◆루시안 : 사람 덩어리의 한가운데 정도의 위치.

◆아코 : 안 보여요~.

◆루시안 : 사람이 너무 겹쳐 있으니까 말이지.

여기까지 오는 데 고생했다고.

좌표를 확인하니 목적지 바로 근처다. 이제 절대로 이곳에서 떨어지지 않겠어. 훗훗훗.

◆아코 : 마, 맞다! 루시안, 사랑해요!

◆루시안 : 그만둬! 나를 인파 바깥으로 소환하지 마!

모처럼 한가운데까지 이동했는데, 상대를 불러내는 결혼 스킬을 쓰지 말라고! 바깥으로 끌려가 버리잖아!

◆루시안 : 슈랑 마스터도 근처에 있으니까, 열심히 여기까지 오라고.

◆세테 : 어, 저기…… 왜 이렇게 된 거야……?

오, 저쪽도 들어온 모양이다. 세테 씨가 아연실색하고 있었다.

왜 이렇게 되기는, 그야 뻔한 거 아니겠어?

◆루시안 : 여기 있는 사람 모두 4차 전직을 대비하고 있는 거야.

◆세테 : 어라? 벌써 업뎃됐어?

업뎃됐어? 라고 말할 정도로 게이머화됐구나, 세테 씨.

◆루시안 : 아니아니, 안 됐어.

됐으면 느긋하게 있을 여유는 없으니까.

◆아코 : 그럼 왜 이렇게 다들 모여 있는 건가요?

◆슈바인 : 여기에 전직퀘 NPC가 나올 예정이니까!

◆아코 : 예, 예정인가요…….

예정입니다.

기다리고 기다린 전직 퀘스트를, 여기에 출현하는 NPC에게서 받을 수 있다고 한다.

그렇기에 전날 밤부터 엄청난 숫자의 플레이어가 이곳에 모여 있는 것이다.

우리도 그 일원으로서 조금이라도 출현지점에 가까운 곳에 가려고 노력 중이다.

근처에 없으면 캐릭터 묘사 한계로 NPC가 표시되지 않으니까!

◆세테 : 아직 추가되지도 않았는데 개시 장소가 어딘지 알

수 있어? 발표됐던가?

◆애플리코트 : 잘 들어라, 세테. 세상에는 그런 미래의 정보를 알고 있는 신비한 인간이 존재한다.

◆세테 : 그, 그래?

◆슈바인 : 분할 패치는 서버의 부담이 적어지지만, 내용이 누설된단 말이지.

신(新) 직업을 도입하는 대규모 업데이트이므로 패치 사이즈가 크다.

패치 서버의 부담 경감을 위해 업데이트 전부터 분할해서 패치를 배포하는데, 아무래도 그 내용을 분석한 사람이 나온 모양이었다.

그래서 전직 추가 전부터 NPC의 위치나 퀘스트 내용이 누설됐다.

주변에는 『퀘스트 아이템 있습니다!』라는 개인 상점이 대량으로 늘어섰고, 격렬한 가격 깎기 경쟁과 사재기 경쟁이 벌어지는 중이다.

업데이트 전인데도 이미 게임 안은 축제 상태다.

◆세테 : 하지만 점검이 있으니까 빨리 이동하지 않아도 자기 전에 그 장소에서 로그아웃하면 되지 않아?

◆슈바인 : 바보. 굶아떨어지거나, 서버가 다운돼서 이동하지 못하게 되면 어쩔 거냐고!

◆애플리코트 : 맞다. 이렇게나 무거워서는 언제 서버가 다

운되어도 이상하지 않아.

◆세테 : 다들 모여 있으니까 무거운 거 아냐?! 이런 걸 매치 펌프라고 부르는 거지?!

◆애플리코트 : 그렇지 않다! 보통이라면 직업별 퀘스트 개시 지점이 달랐을 텐데, 굳이 전원 같은 장소에서 시작하게 해놨단 말이다! 운영 측에서도 의도적으로 사람을 모으고 있다는 뜻이지!

◆슈바인 : 이 떠들썩한 모습이 바로 운영진의 노림수라는 뜻이야!

◆아코 : 뭐, 뭐라고요?

◆세테 : 그런가~?

실제로 어떤지는 모르지만, 누가 뭐라고 하건 우리는 여기서 움직이지 않을 거야.

◆루시안 : 얼마나 기다렸는데…… 1초라도 빨리 전직하지 않으면 직성이 풀리지 않아…….

◆슈바인 : 정말이지, 신 직업 발표에서 반년 이상 지나지 않았냐?

◆애플리코트 : 너무 오래 기다린 바람에 질린 상태를 넘어서 반대로 텐션이 올라가버렸다. 내 마음은 최고조로 타오르고 있다!

새로운 직업을, 다음 전직을 오랫동안 학수고대했다.

다른 사람이 비웃든 어이없어하든, 여기서 점검을 기다리는 우리의 마음은 하나다.

전직! 빨리 전직!

◆세테 : 아코, 이제 막 전직했는데 또 전직할 거야?

◆아코 : 카디널도 아직 전혀 다루지 못하고 있으니까, 홀리 클레릭이 되어서 스킬이 늘어도 오히려 상관없거든요!

◆루시안 : 그건 좀 노력해줘.

아코가 우리 파티를 지탱하고 있으니까.

◆아코 : 우우, 겨우 루시안 옆까지 왔어요.

오, 이야기하는 도중에 아코가 바로 옆까지 왔다.

◆루시안 : 노력했네.

◆아코 : 지쳤어요…… 인파는 싫어요…….

이 게임에는 플레이어끼리 미묘한 충돌 판정이 있어서 인파를 빠져나가는 게 은근히 힘들다.

플레이어들이 겹쳐서 억지로 이동하지 않으면 빠져나갈 수 없다.

◆아코 : 이렇게 다들 기다리고 있으니 두근두근하네요.

◆루시안 : 마침내 아코도 공략 최전선에 서게 되는구나.

◆아코 : 어려운 퀘스트는 전혀 클리어하지 않았지만요~.

◆루시안 : 시험 삼아 해봤는데 실패했었지ㅋ

어쩔 수 없다. 이 길드에서 진짜 의미로 최전선에 선 사람은 고양이공주 씨밖에 없으니까.

◆세테 : 다들 그렇게 노는 사이에 나는 레벨을 올려야지.

◆루시안 : 이러니저러니 해도 쫓아오고 있잖아.

세테 씨도 어느새 레벨 80을 넘었다.

함께 사냥을 갔더니 아무렇지 않게 전력이 돼서 깜짝 놀랐다니까.

◆세테 : 이제 게임을 시작한지 1년 가까이 되는걸. 나도 게이머 2학년이잖아?

◆슈바인 : 그렇게 예전 일이었나…… 시간의 흐름은 참 빠르구만…….

◆세테 : 그 감상, 새 학기가 됐을 때 듣고 싶었어!

느긋하게 대화를 나누는 두 사람은 제쳐놓고—.

아코가 게임을 시작한 지 1년 정도 됐을 때 레벨 70대였으니까, 세테 씨는 꽤 빠른 페이스로 레벨을 올린 셈이다.

아니, 처음 시작했을 때의 나보다도 훨씬 빠른가……?

아니아니, 그 시절의 나는 게이머로서 아직 어설펐었고! 세테 씨는 우리의 파워 레벨링에 끼어들어 있었으니까!

◆루시안 : 온라인 게이머로서는 지지 않았어, 지지 않았어…….

◆아코 : 왜 자신을 타이르는 건가요?

아코가 의아한 듯이 묻자 마스터와 슈가 고개를 끄덕였다.

◆애플리코트 : 왠지 모르게 그 마음 잘 안다.

◆슈바인 : 나중에 시작한 플레이어가 엄청난 기세로 쫓아왔을 때의 그 마음 말이지.

그거다. 그 녀석은 니트니까 지더라도 어쩔 수 없거든! 같은 변명을 해버린단 말이지.

하지만 세테 씨는 완전무결한 리얼충이니까 정말로 지고 싶지 않다.

나도 계속 정진해야지……!

◆세테 : 그래서, 모인 뒤에는 어쩔 건데? 뭐하고 놀 거야?

◆루시안 : 잘 거야.

◆세테 : 잘 거야?!

◆아코 : 자는 건가요?!

요즘 새삼스레 친구가 된 아코&세테의 콤비가 호흡을 맞춰 태클을 걸었다.

응, 친해진 건 좋은 일입니다.

◆루시안 : 그치만 내일은 전직 첫날이라고? 밤샘도 있을 법 하니까 빨리 자야지.

◆슈바인 : 가능성이 아니라 밤샘은 전제 아니냐?

◆애플리코트 : 몸 관리는 평소보다 더욱 조심해야 하니 말이다.

그리고 이쪽, 오랫동안 알고 지내온 트리오도 호흡을 맞춰 채팅을 적었다.

음음, 역시 믿음직한 길드원들이야.

이렇게 축제 분위기도 즐겼고, 무사히 포지션도 잡았고, 전직 퀘스트 준비도 완료했다.

◆루시안 : 난 이제 슬슬 끌게.

◆아코 : 에이, 조금 더 같이 있어요.

◆루시안 : 이런 인파 한가운데서 같이 있어봐야 뭘 하는데.

◆아코 : ……그렇긴 하지만요.

공개 채팅이 길드 채팅을 밀어낼 기세로 흘러가는 중이다.

적어도 부부끼리 느긋하게 있을 곳은 아니다.

◆루시안 : 괜찮아. 메인은 내일이라고. 같이 즐기자.

◆아코 : 알았어요.

아코가 시무룩하게 수긍했다.

◆루시안 : 그럼 수고~.

◆애플리코트 : 내일 보자.

◆슈바인 : 오우, 이 몸도 잔다.

◆세테 : 잘 자, 이 몸ㅋㅋㅋ

◆슈바인 : 끄기 직전이 돼서 웃는 거 그만둬줄래?!

◆애플리코트 : 이야기를 시작하면 끝이 없다. 적당히 매듭짓고 어서 자도록 하자.

큭, 나도 조금 더 채팅에 끼고 싶다.

그런 마음을 억누르고 클라이언트를 껐다.

그대로 컴퓨터도 끄고 당장 침대에 들어갔다.

내일을 대비해서 빨리 자야지.

—.

——.

———자야 한다고 생각하긴 하는데…….

"……안 졸려."

괜히 눈이 말똥말똥하고, 심장이 두근두근해서 잠자코 있으니 몸이 근질근질했다.

전혀 진정이 안 돼서 잠이 오지 않았다. 소풍 전날의 어린애냐고. 한심하게시리—.

그런 생각을 하니까 더욱 잠기운이 날아갔다. 아아, 악순환!

"어쩌지…… 이거."

멍하니 천장을 올려다봤다.

차라리 양이 아니라 포와링이라도 세고 있을까. 포와링이 한 마리, 포와링이 두 마리…….

그때, 머리맡에 둔 휴대전화가 딩동 울었다.

뭐지, 하고 열어보니—.

[아코] 아직 깨어 있나요?

아코에게서 메시지가 왔다.

지금까지 게임 안에서 빈번하게 대화를 해서 그런지, 현실의 기기를 통한 연락은 그렇게 많이 하지 않았다.

그야말로 현실에서 만날 약속을 잡는 것 정도였다.

하지만 아키야마가 평소에도 친하게 지내자! 라고 주장해서, 요즘은 딱히 볼일이 없더라도 깨작깨작 메시지로 대화를 나누고 있다.

쉬는 시간에 몰래 이야기를 할 때는 조금 리얼충 느낌이

나서 즐겁다.

뭐, 그건 넘어가고—.

"……."

나는 아무것도 하지 않고 버튼을 꾹 눌러서 화면을 껐다.

자, 자자, 자자— 라고 눈을 감은 타이밍에 딩동 하고 다시 한 번 휴대전화가 울렸다.

[아코] 어째서?! 읽씹 어째서?!

에잇, 끈질기네.

[니시무라] 휴대전화 화면을 보면 잘 수가 없다고.

[아코] 애초에 진정이 안 돼서 잠이 안 온다고요.

[니시무라] 나도 그렇지만.

잠들지 못하게 된 건 나랑 같았던 것 같다.

아코도 그랬다면, 혹시 마음을 진정시키기 위해 내 목소리를 듣고 싶다, 뭐 그런 말인가? 그건 조금 두근거리는데?

[아코] 그래서 지금부터.

[니시무라] 어, 응.

[아코] 루시안네 집에 갈까 해요.

[니시무라] 좋아, 알았, 아니아니, 잠깐 잠깐.

전화를 하고 싶다고 하려던 게 아니었어?!

지금부터 집에 온다니 무슨 소리야?!

[니시무라] 몇 시인 줄이나 알아? 전철도 없잖아?

[아코] 아빠를 깨워서 차를 몰고 나가면 돼요!

[니시무라] 그만두라고!

타마키 가의 아버지는 가뜩이나 고생하시는데, 일 끝나고 돌아와서 외식까지 나갔잖아! 적어도 잠은 편안히 주무시게 해달라고!

[니시무라] 내일은 업뎃만이 아니라 학교도 가야 하니까, 얌전히 자도록.

[아코] 네~.

농담처럼 말하지만, 말리지 않으면 진짜로 할 것 같아서 무섭다.

[니시무라] 하지만 이렇게 아코랑 이야기하니까 조금 진정이 되네.

[아코] 네. 저도 그래요.

화면 너머에 졸려 보이는 얼굴로 이쪽을 보는 아코가 있는 것 같아서 왠지 조금 편해지는 기분이 들었다.

이렇게 게임 바깥에서 대화를 나누는 거, 꽤 괜찮은데?

[니시무라] 잘 자라. 아코.

[아코] 안녕히 주무세요. 여보.

[니시무라] 그건 그만둬!

[아코] 안녕히 주무세요. 루시안ㅋ

제길. 아코 주제에 ㅋ를 붙이다니.

자, 편안해진 기분이 든 사이에 잘까…….

눈을 감은 순간, 노린 듯이 또 딩동 하고 휴대전화가―.

[세가와 아카네] 벌써 자?

[애플리코트] 루시안. 일어나 있나?

"……이 녀석들은."

[니시무라] 빨리 자.

양쪽에 같은 대답을 보내고 휴대전화 전원을 껐다.

그대로 전부 잊고 눈을 감았다.

††† ††† †††

"아아, 졸려……."

결국 그다지 자지 못했다.

1교시에는 그냥 잘까, 같은 생각을 하면서 교실에서 축 늘어져있던 그때—.

"좋은 아침이에요……."

실눈을 뜬 아코가 흐느적거리며 등교했다.

이건 이제 익숙한, 졸릴 때의 아코로군.

"그러니까 자라고 했잖아."

"자라고 해도 바로 잘 수 있을 리가 없잖아요~."

"지당한 말이네~."

나도 졸리니까.

"슈한테서 빌린 만화를 전부 읽어버렸어요~."

"잘 생각 없었구나."

나한테 말한 「안녕히 주무세요」는 뭐였던 거야.

"타마키, 타마키."

"네?"

의자에 앉아 흔들흔들 좌우로 흔들리던 아코를 누가 홱 잡아당겼다.

"이쪽이야, 이쪽."

"흐엥~?"

그리고 그대로 복도 쪽에 모여 있던 여자애들 그룹에게 끌려가버렸다.

요즘 아코는 반 여자아이들과 자주 대화를 나눈다. 익숙해졌는지는 모르겠지만, 함께 있다는 건 틀림없다.

은근슬쩍 지켜보니, 아코를 데려간 아이가 가방에서 뭔가를 꺼냈다.

"타마키, 타마키! 이거 전에 말했던 새로운 색이야! 분명히 어울릴 테니까 발라봐."

그녀가 작은 원통형 물체를 아코에게 들이댔다.

뭐였더라, 가끔 세가와가 입술에 바르던 그거다.

"새, 새로운 직업인가요?"[#1]

그때 아코의 눈이 번쩍 뜨였다.

저 녀석, 뭔가 착각하는 거 아냐?

"맞아맞아! 아직 열지 않았으니까 먼저 써 봐도 돼!"

#1 새로운 직업 「새로운 색(新色)」과 「새로운 직업(新職)」은 일본어 발음이 동일하다.

여자아이가 싱글벙글 웃으며 아이템을 내밀자 아코는 어리둥절하며 고개를 갸웃했다.

"어, 서버가 열리지 않으면 못 하는 거 아닌가요?"

"고등어(사바)? 아, 고등어가 아니라 연어야."#2

"……푸흡!"

아, 세가와가 뿜었다.

"새, 새먼 핑크(salmon pink)니까…… 응, 고등어가 아니라 연어지…… 큭, 후훗……."

"왜 아카네가 그렇게 뿜는 건데?"

"그야…… 끕…… 픕……."

세가와는 마치 단말마 같은 소리를 내며 엎어져서 꾹 참았다.

대체 뭐가 널 그렇게 숨은 오타쿠로 만드는 거냐. 이제 그냥 털어놔도 괜찮지 않을까.

그 그룹에는 온라인 게임 오타쿠가 셋이나 있잖아.

"아코, 착각하고 있는 것 같은데?"

"엥?"

괴로워하는 세가와를 대신해서 아키야마가 쓴웃음을 지으며 말했다.

"그게, 카오가 말한 건 이거, 립스틱 이야기야. 새로운 색상이 나왔는데, 이 계통은 어른스러운 배색이니까 아코가

#2 고등어 「서버(サーバー)」와 「고등어(さば)」는 일본어 발음이 동일하다.

마음에 들어 할지도 모른다는 이야기였어."

"어어……."

아코의 얼굴에는 기억 안 나는데요, 라고 적혀 있군.

하지만 그런 아코가 익숙한 아키야마는 깔끔하게 무시했다.

"그러니까 이건 새로운 직업이 아니라 새로운 색상이라는 거야! 알겠지?"

"아아, 그렇군요!"

그거였나~, 라며 흥미 없다는 듯이 말한 아코는 책상에 흐느적거리며 쓰러졌다.

"무슨 오해를 한 건지 전혀 모르겠는데……."

"아하하, 조금 그런 게 있어."

"나나랑 타마키, 사이좋네."

"우리 엄청 친하거든?"

"네네~."

"바로 흘려버렸네."

왠지 그럭저럭 잘 해나가고 있는 것 같아서 안심했다.

은근슬쩍 귀를 기울이고 고개를 끄덕이던 그때—.

"……."

여자애 한 명이 왠지 나를 차가운 눈으로 빤히 바라보고 있었다.

아, 빤히 보고 있어서 미안합니다. 하지만 아니라고요. 나는 너를 보고 있던 게 아니라, 아코를 보고 있었다니까?

아, 안 되는 건 변함없나? 그런가?

"헤~이, 니시무라 루시안~, 왜 이렇게 시무룩해?"

"우왓!"

그때, 같은 반 남자애가 내 어깨를 두드렸다.

"루시안이라고 하지 마. 무슨 일이야?"

"방금 모두 함께 휴대전화 무료 게임을 시작하자는 이야기가 나왔거든. 너 그런 거에 빠삭하지 않아?"

"빠삭하지는 않지만, 굳이 말하자면 그만두는 게 좋아."

"시작하기 전부터 완전 부정이냐. 잠깐 이리 와봐."

"과금만큼은 조심해야 한다고."

뭐, 이런 이야기가 나오면 내 차례라는 건 확실하다.

일어나서 창가 쪽으로 가자—.

……창가로?

왠지 신경이 쓰여서 잠시 주변을 봤다.

창가에는 남자애들이 모여 있고, 복도 쪽에는 여자애들이 모여 있다.

가운데 라인, 조금 전까지 내가 앉아있던 곳에는 아무도 없다.

그것에 왠지 묘한 위화감이 있는 것 같은데—.

……뭐, 상관없나?

"기다리고 기다리던 방과 후다~!"

"마침내 이때가 왔다!"

부실에서 마스터와 「Yeah~!」 하고 하이파이브를 했다.

드디어 왔다! 이때를 기다렸다고!

아직 점검이 끝나지 않아서 서버가 열릴 때까지는 조금 한가하지만!

"정말 기나긴 하루였어~."

"점심시간 이후의 기억이 없어요."

"그야 줄곧 자고 있었으니까."

아코가 당당히 말하자, 세가와는 체념한 기색이었다.

"괜찮았던 거냐, 아코 군."

"5교시는 유이 선생님의 현대문학이었는데, 한 번도 일어나지 않았어."

아키야마가 아코의 머리를 만지작만지작 어루만지며 말했다.

가끔 저렇게 해서 깨우려고 했는데, 아코는 단호하게 자고 있었으니 말이지.

"그러면 역시 혼나지 않았나?"

"괜찮아. 고양이공주 선생님이 『오늘은 용서한다!』라고 말했으니까."

"용서하면 안 되는 것 아니냐……."

마스터가 곤란하다는 표정으로 말했다.

뭐, 사이토 선생님은 평소에도 조는 학생을 보고 폭발하는 타입이 아니니까.

"게다가, 나는 알 수 있었어. 선생님, 수업을 하면서 업뎃 이후를 생각하고 있었어."

"맞아, 그랬어!"

"교과서 읽으라고 시키는 동안 시선이 멍했으니까."

"그 고양이공주 씨는 오지 않은 건가요?"

"신임 교사 지도가 있다고 하더군."

"안타깝네."

저녁이라는 니트, 학생 타임에 점검을 끝내는 운영진이 나쁘다.

밤에 서버를 열면 부담이 심해지기 때문이겠지만, 먼저 즐기는 쪽이 언제나 학생과 니트뿐인지라 직장인들은 언제나 게시판에서 불평을 하고 있었지.

"어느 스킬을 익힐지 정했나요?"

추가 예정 스킬 목록을 보던 아코가 고개를 갸웃하며 물었다.

"나는 먼저 드래곤 소울이야! 전직하면 바로 익힐 거라고!"

"드래소는 필요 없잖아. 그런 취미 스킬."

"아직 추가되지도 않았는데 뭐가 취미 스킬이야! 화력 배율 2,000퍼센트라고!"

"숫자는 굉장하지만, 한 시간에 한 번밖에 쓸 수 없잖아. DPS에는 전혀 기여하지 않는다고."

"이러니까 수수한 사냥밖에 생각하지 않는 남자는…… 봐봐, 이것만 있으면 『앞으로 1퍼센트만 더 깎으면 이길 수 있었는데!』 같은 강력한 보스를 깰 수 있다고! 효율이 조금 늘어나는 것보다 훨씬 중요하잖아. 왜 모르는 거야, 이 수수남!"

"수수…… 수수……."

"아앗, 루시안이 수수한 정신적 대미지를!"

남이 신경 쓰는 점을…… 어차피 너희들 안에 섞여 있으면 견실한 플레이를 하는 나는 수수하다고…….

괜찮잖아, 수수한 플레이. 그런 녀석이 여차할 때 믿음직하니까.

"하지만 2,000퍼센트라고 단순히 말해도, 계산식이 확실하지 않다. 인첸트, 버프, 적의 방어력, 대미지에 관련한 계수가 어디에서 걸리느냐에 따라 효과가 크게 변하지. 먼저 제물을 기다려야 하지 않겠나."

"그런 미적지근한 소리를 하니까 뒤처지는 거라고! 한 시간에 한 번밖에 쓸 수 없는, 게다가 4차 스킬이잖아?! 1초라도 빨리 숙련도를 쌓아야지!"

콧김을 거칠게 내뿜으며 말하고 있는데, 세가와. 그렇게 조바심을 내면 또 실패한다?

"그러니까 램페랑 스마 양쪽만 익히는 미묘한 빌드가 돼버렸잖아."

"너야말로 『새 스킬이 나오면 정보가 나올 때까지 기다릴 거야!』 라고 했으면서 참지 못하고 미묘한 타이밍에 익혀서 후회하잖아!"

"그렇긴 하지만!"

그치만 참을 수 없었다고! 괜찮을지도, 라는 정보가 들어오면 믿게 되잖아! 거짓말일 경우도 있지만!

"그리고, 너 같은 겁쟁이 녀석과는 달리, 마스터는 마음에 든 스킬을 익히잖아?"

"무난한 스킬을 익히고 싶을 뿐인데 겁쟁이 취급은 너무하지 않아?"

"저는 겁쟁이의 신부인 건가요."

그런 의미가 아니잖아.

"나도 일부 보조 스킬은 바로 익힐 예정이지만, 공격 스킬에 관해서는 이펙트를 보고 나서 생각해 볼 거다. 겉보기에 화려한 것을 고르고 싶군."

"화려하기만 하면 성능은 신경 쓰지 않는 건가요?"

"하하하, 무슨 소리냐. 아코 군."

마스터는 무척 멋진 미소를 지으며 단호하게 말했다.

"내 무기로 사용하면 어떤 스킬이든 강하다!"

대체 뭐야, 이 사람.

"그렇지만 패시브와의 조합도 있지. 가능하면 불이나 얼음 속성을 고를 생각이다."

"내가 알기로는 가능하면, 으로 끝나는 문제가 아니라고 생각하는데."

응, 마법사는 패시브 스킬의 효과를 받느냐 받지 않느냐로 화력이 크게 차이나니까.

"어설프군. 어지간한 일은 돈만 있으면 대충 되는 법이다."

"판타지인데 너무 속물적이잖아."

"유감스럽지만, 평소 그대로네."

운영진이 과금 아이템으로 스킬 초기화를 가능하게 만들면 위험하겠어. 이 사람, 사냥터에 맞춰서 초기화할 것 같다고.

"아코는 전직하면 어쩔 거야?"

"전용 의상 그래픽하고, 제작 소재 확인부터 할 거예요."

"너도 흔들리지 않네."

"소재가 비싸지기 전에 모아야 하니까요."

아코가 힘껏 다짐했다.

아코도 아코 나름의 방향으로 의욕이 높다.

"……으~음."

그때, 말없이 우리를 바라보던 아키야마가 꽤나 말하기 어렵다는 표정으로 신음했다.

"왜 그래? 나나코."

"……대화의 의미를 잘 알 수 있구나 싶어서."

"좋은 일이잖아."

"그런가?"

이것이 1년간의 성과인데도 왜 싫어하는 걸까. 이제 정식 부원이잖습니까.

"나나코도 레벨이 오르기 힘들게 됐잖아. 최종장비를 모아야 하지 않아?"

"할당량을 정해서 적을 잡는다든가, 그런 건 하고 싶지 않거든?"

이크, 이렇게 이야기 나누는 사이에 점점 종료 시간이 다가왔군.

"슬슬 시간 됐는데?"

"좋아. 최종 확인이다. 각자 자리에 앉아라."

각자 자기 자리에 앉아서 진지하게 화면을 응시했다.

"선행 패치는 다 깔았겠지? 나머지는 당일 패치와 로그인 전쟁이다."

"이 시간이면 로그인은 그렇게 막히지 않을걸?"

"맵이 문제야. 꽤 무겁지 않을까?"

"저기, 근처 NPC를 선택하는 단축키가 뭐였죠?"

대화를 나누는 사이 시간이 흘렀다.

"오픈까지 앞으로 몇 분 남았나요?"

"앞으로 5분이네."

"얼마 안 남았네~."

아키야마가 후우, 하고 긴장을 풀었다.

반면 우리는 앞으로 고개를 확 숙이고 마우스를 쥐었다.

"그럼 슬슬 시작이네!"

"음!"

"가자!"
"로그인 게임, 스타트에요!"
"에에엑?!"
자, 싸움 시작이다!
LA의 바로가기를 기동, 점검 중 표시가 나오면 종료, 즉시 재기동!
"잠깐잠깐! 점검은 아직 안 끝났잖아?"
"어설퍼, 나나코!"
세가와가 마우스를 꽉 쥔 손을 들어올렸다.
"접속이 몰리는 걸 피하기 위해 5분 전부터 서버를 여는 것도 일상이라고!"
"애초에 우리는 30분 전부터 3분마다 클라이언트를 켜서 패치가 됐나 확인하고 있었으니까!"
"그렇게 서버에 부담을 주는 행위는 안 좋다니까!"
크, 우등생다운 대답을 하다니!
"칫, 반성합니다~!"
"그럼 그 마우스 딸칵거리는 거 그만두자!"
반성은 하지만, 그만둔다고는 하지 않았어!
"으음."
마스터의 눈이 번쩍 빛났다.
"예정대로, 3분 남았는데 패치 서버가 열렸다!"
"좋아, 패치를 깔아라, 패치!"

"마우스를 센터에 놓고 더블클릭, 마우스를 센터에 넣고 더블클릭."

"우우우, 다들 무서워……."

"지식은 따라왔지만, 이런 부분은 아직 멀었네."

"정진이 부족하네요, 세테 씨!"

"이런 사람이 되고 싶지 않아~!"

남을 가리켜서 이런 사람이라니 실례네.

우리는 그저 미친 듯이 로그인을 시도하고 있을 뿐이라고.

……이런 사람이 되면 안 되겠네. 틀림없다.

"좋아. 먼저 작업한 게 다행이로군. 패치가 빠르다."

"로그인 서버도 열렸네. 들어갈 수 있어."

"좋아. 캐릭터 선택창에 들어왔어!"

"오늘의 로그인 게임 대승리에요!"

이거 꽤 좋은 타임이잖아! 전 플레이어 가운데서도 상위에 들어가는 로그인 속도가 틀림없어!

그렇게 생각했는데— 게임에 접속하고 놀랐다.

"벌써 사람이 있잖아!"

"큭, 상당한 숫자군."

"점점 늘어나요!"

게다가 화면 안에서 1초에 수십 명 규모로 사람들이 늘어났다.

이거 서두르지 않으면 뒤처지겠어!

"전원 로그인했어?"

"들어왔다."

"나, 슈바인. 지금 마스터 뒤에 있어."

"전직퀘 사람, 발견했어요!"

좋아, 전원 준비 OK로군.

"그럼 모두 함께 퀘스트를 받자."

"네~."

NPC를 타게팅하고 클릭, 대화 스타트!

◆체자인 : 어라…… 너는 모험가 중에서 꽤 실력이 뛰어난 모양이로군?

레벨 100이라는 퀘스트 입수 조건을 확인한 거군요. 압니다.

클릭을 연타하자 짧은 대화 뒤에 선택지가 나왔다.

▶『새로운 각성』 퀘스트를 받으시겠습니까?◀

이것이 바로 기다리고 기다리던 새로운 직업을 받는 전직 퀘스트!

이름 그대로, 이걸로 우리는 새로운 자신으로 각성할 수 있다!

"간다~!"

"네!"

"하나~ 둘!"

꾹! 하고 퀘스트 수락 버튼을 눌렀다.

스포일러 정보에 따르면, 이제부터 직업별로 정해진 퀘스트 요청 아이템을 모으고, 인스턴스 던전을 공략하게 된다.

아이템은 미리 준비해 놨으니까 메인 딜러인 마스터와 슈의 던전을 먼저 공략하고, 그 후에 나와 아코의 퀘를 진행하면—.

그때, 갑자기 스피커에서 뚜웅~! 하는 이상한 소리가 들렸다.

"어?"

"햐웃?!"

"으음?"

거의 동시에 뚜웅뚜웅뚜웅~! 하고 연속된 괴음이 났다.

이건 에러음이다. 게다가 게임의 효과음이 아니라 익숙한 OS 디폴트 에러음.

이 소리는 트라우마니까 그만둬줬으면 하는데— 왜 갑자기 이러지?

"어라? 잠깐, 게임이 안 움직이는데?"

"앗! 강제 종료됐어!"

"흠. 에러가 난 것 같군. 클라이언트가 꺼졌다."

"저도요!"

다들 꺼진 모양이다.

이런 중요할 때 에러라니, 좀 봐달라고…….

"정말, 민폐나 끼치기는."

"로그인을 너무 서둘러서 그런 걸지도 몰라. 아니면 또 추가 패치가 나온 거 아냐?"

"다시 들어가죠!"

클라이언트를 재기동하자, 딱히 패치를 받지 않고 그냥 바로 켜졌다.

"로그인하고…… 어라?"

뚜웅~!

또 화면 중앙에 에러 윈도우가 뜨고 멋대로 클라이언트가 꺼졌다.

방금 전과 같은 에러다.

주위를 돌아보니 모두 같은 상황인지 어리둥절하게 화면을 보고 있었다.

"뭐야, 이거. 어떻게 된 거야?"

"흠. 에러 번호 C10105, 과거 데이터는 없는 것 같군."

"혹시 서버가 다운된 건가?"

"어? 나는 그냥 들어와 있는데?"

게임에 접속해 있는 아키야마가 우리에게 느긋하게 말했다.

"아키야마는 꺼지지 않은 건가요? 안의 상황은 어떤가요?"

"그냥 평범한데? 렉도 없고? 점점 사람이 모이고 있어."

"정말로? 이런 에러가 나오는데?"

"상황을 확인해보자!"

"보여주세요!"

부지런히 넷이서 아키야마 뒤에 섰다.

아니, 야, 좁잖아, 그만둬. 너무 가까워! 머리카락이 눈에 들어간다고!

"으음, 평범하게 움직이네."

"그렇지?"

아키야마의 어깨에 머리를 얹은 세가와가 으으음~ 하고 신음했다.

확실히 게임 안은 평범하게 움직이고 있었다.

"어라? 하지만…… 여기 온 사람들이 점점 사라지고 있……는데?"

"사라진다니…… 호러 게임이 아니거든?"

"무서운데요?!"

"확인해보도록 하자. 여기에 오는 캐릭터를 관찰해보면 된다."

"그럼 누구를…… 아, 클라우드 씨다. 마침 잘 됐네."

익숙한 뾰족뾰족 머리가 화면 바깥에서 걸어왔다.

그도 전직을 하려는 모양인지 NPC 근처까지 이동했다.

그리고 이야기를 거는 모션을 하자—.

"아, 사라졌다!"

진짜다! 클라우드 씨가 사라졌어!

"지금 이거 텔레포트 계열 스킬 아니지?"

"아니야. 게임에서 로그아웃했을 때의 이펙트다."

"저기, 그럼 전직퀘를 받은 사람의 클라이언트가 다운된다는 뜻인가요?"

아코가 말한 것과 동시에, 공개 채팅창과 전체 채팅창이 들끓기 시작했다.

◆리미트 : 【주의】전직퀘에 버그 있음.

◆딸기모찌 : 퀘 받으면 클라 다운돼서 복귀를 못해요!

◆이가스 : 전직 퀘스트는 받지 말아주세요. 공지를 기다립시다.

◆사쿠라이트 : C10105 에러에 대한 정보 구함.

"아, 소동이 벌어지겠네."

"다들 똑같네요."

"다른 쪽도 마찬가지군. 여러 사이트나 SNS에서 전직퀘를 받으면 그 계정에 로그인하지 못하게 된다고 나오고 있다."

"내 타임라인이 그게 뭐냐는 말로 메워지고 있어!"

우와, 버그다 에러다 하는 소리로 코멘트가 속속 채워지고 있어!

"이럴 때 에러가 일어나기도 하네~."

다른 의미로 축제 상태인 화면을 본 아키야마가 오호~ 하고 눈을 동그랗게 떴다.

아니아니, 버그 같은 건 자주 있는 일이라고.

"요즘 LA는 패치 관련으로 버그가 나오지 않았으니까 슬슬 저지르지 않을까~ 싶기는 했는데 말이지."

"분명 누군가의 스킬에 버그가 있을 거라 생각했는데, 전직하기 전에 버그가 나버렸네요."

"두 사람 다, 운영진을 무척 신뢰하고 있네."

다른 의미로 말이지.

"우우우, 나는 안 믿어. 분명 몇 번 시도해보면 로그인할 수 있을 거야!"

자기 컴퓨터로 달려간 세가와가 타닥타닥 키보드를 두드렸다.

몇 초 후, 역시 뚜웅~! 하는 슬픈 소리가 들렸다.

"꺄아아아아아아! 내 워 머신이 블루 스크린에~!"

게다가 컴퓨터까지 말려든 모양이다.

무모하게 구니까 대참사가 났잖아.

"아, 공지 떴어~."

"어디어디?"

다시 아키야마 쪽 화면을 들여다봤다. 아코, 가까워, 가까워…….

채팅창에 붉은색으로 운영진의 메시지가 나왔다.

▶LA 운영팀입니다.◀

▶현재 4차 전직 퀘스트 『새로운 각성』에 일부 문제점이 확인되었습니다.◀

▶유저 여러분께서는 퀘스트를 받지 않도록 주의해 주십시오.◀

▶또한 대책을 위해 3분 후부터 모든 월드에서 점검을 진행할 예정입니다.◀

▶접속 중인 유저 여러분께서는 안전한 위치에서 로그아웃해주시길 부탁드립니다.◀

"……라는데."

일부 문제점이라…….

뭐, 퀘스트 수락 말고는 버그에 걸리지 않았으니까 어떤 의미로는 일부일지도 모르지만, 받는 단계에서 안 된다면 그 다음 전부가 안 되잖아.

"어라? 점검까지 3분? 빠르지 않아?!"

유일하게 게임에 접속해 있는 세테 씨가 황급히 로그아웃 작업을 시작했다.

◆디 : 3분 후ㅋㅋㅋ

◆리미트 : 운영진 너무 초조해해서 뿜었다ㅋㅋㅋ

◆사쿠라이트 : 어차피 꺼진다면 나는 퀘를 받고 끄겠어!

◆딸기모찌 : 무리하기는.

우와, 채팅 쪽도 엉망이네.

"아, 꺼졌다!"

세테 씨도 로그인 화면으로 돌아왔다. 정말로 점검이 시작됐는지 런처에는 점검 중 표시만 떠 있었다.

"드디어 전직할 수 있다고 생각했는데 이거냐……."

"어쩔 수 없지. 차라도 준비하도록 하자."

우리는 아키야마의 뒤에서 떨어져서, 고개를 절래절래 저으며 각자 자기 자리로 돌아왔다.

"워 머신이 움직였어!"

세가와는 블루 스크린 복귀인가.

"……."

"응?"

어라? 아코가 화면을 빤히 보며 멈춰 있네.

"왜 그래? 아코."

"……이대로 로그인을 못하게 된다면."

아코는 모니터에서 시선을 떼지 않고 담담한 목소리로 말했다.

"저는 어떻게 해야 하죠?"

"어떻게 하냐니……."

모니터를 바라보는 눈동자에는 아무런 감정도 엿보이지 않았다.

아니, 감정이 보이고 자시고 눈이 죽어 있다. 아코의 눈이 죽었다.

"저기, 일단 그 죽은 눈을 그만둬 줄래?"

"네네, 이렇게요?"

"어, 어어."

곧바로 아코가 원래대로 돌아왔다.

뭐야 그거, 의도적으로 하는 거야?

어느 정도 안정감이 높아졌다고 생각하긴 하지만, 가끔 이럴 때가 있어서 불안해진단 말이지.

"음, 게임은 아마 괜찮을 거야. 패치에서 조금 실수를 저질렀을 뿐이니 바로 원래대로 돌아오겠지."

"그렇……겠죠?"

왜 걱정하는 건데. 긴급점검은 지금까지 몇 번이고 있었잖아.

"아무튼 기다리기로 하자. 점검은 언제 끝날지 모른다. 적어도 공지는 있겠지."

"네~에."

우리는 자리에 앉아서 공식 홈페이지를 계속 새로고침하거나, 스킬이나 장비 시뮬레이트를 하거나, 우리와 마찬가지로 튕긴 사람들의 원념어린 소리를 찾아보며 시간을 보냈다.

"게시판은 들끓고 있네."

"그야 그렇겠지."

그렇게나 기다렸는데 결과가 이 꼴이니까.

그리고 눈길을 끄는 것은, 퇴근하지 못한 사회인들의 승리한 글들이었다.

「학생 꼴좋다ㅋㅋㅋ」라는 글이 이곳저곳에 보였다. 젠장, 잠자코 일이나 할 것이지.

하지만 이제 곧 점검이 끝나면 우리가 유리하다. 아직 찬스는 있어!

—그렇게 기다리고 있었는데…….

"아직이야~?"

"아무 갱신도 없어."

기다리고 기다려도 점검이 끝나지 않았다.

그뿐만 아니라 공지조차 없었다.

"슬슬 부활동도 끝나는 시간인데? 어쩔 거야?"

"벌써 두 시간 이상 흘렀군. 경과 보고 정도는 받고 싶다만."

"기다리다 지쳤어요."

"저기, 어차피 게임도 못 하는데, 잠깐 다른 데 들렀다 돌아갈래? 역 앞에 있는 크레이프 가게에 다함께 같이 가고 싶은데~."

"그래그래. 내가 같이 가줄게."

"에이, 다들 같이 가자~. 지금 출발하면 늦기 전에 돌아갈 수 있잖아?"

"포기하면 거기서 시합 종료다. 세테."

"그치만 시합 시작조차 하지 않았잖아?"

"큭. 꽤 그럴싸하게 말하게 됐군."

정말로 돌아갈 수밖에 없나. 적어도 버그 내용과, 점검이 언제 끝날지에 대한 공지 정도는 해줬으면 좋겠는데…….

기도하듯이 LA 공식 홈페이지에서 F5키를 눌렀다.

갱신된 페이지에는 아무 변화도 없…… 어라?

"……어라? 문제점, 점검 정보가 갱신됐는데?"

"진짜? 뭐라고 적혀 있는데?!"

"어어……."

평소에는 그다지 신경 쓰지 않는 문제점, 점검 정보 항목에서 가장 위에 추가된 페이지를 열었다.

오, 이번 버그에 관한 정보가 제대로 적혀 있다.

"어어, 오늘 추가된 4차 전직 퀘스트 『새로운 각성』에서 치명적인 에러가 확인되었습니다. 수정을 위해 긴급점검을 진행하고 있습니다만, 지금 현재, 점검 종료 시각은—."

아, 아아…….

이거, 말을 꺼내기 꽤 괴로운데…….

"말해주세요, 루시안. 점검은 언제 끝나나요?"

아코가 눈을 마주치며, 불안한 듯이 조금 떨리는 목소리로 물었다.

"저기…… 종료 시각은 미정입니다, 라는데……."

"미, 미정인가요……."

"예정은 미정, 이었나……."

그건 아니야.

아니지만, 종료 시각 미정이라는 건 확실하네.

"아아, 최악의 패턴이네."

"음. 치명적인 에러라니, 큰 문제일지도 모르겠군."

세가와와 마스터가 저마다 한숨을 내쉬었다.

"……하지만."

그때 아코가 툭 하고 중얼거렸다.

"아무 공지도 없는 것보다는 낫네요. 조금 안심했어요."

"뭐, 그러게. 분명 운영진들이 노력하고 있을 거야."

운영진들은 몸을 소중히 하고, 그러면서도 노력해줬으면 좋겠다.

하지만 일단 알게 된 일은—.

"……오늘은 돌아가자."

"네~에."

부실에 있어봤자 LA를 못한다는 사실이었다.

††† ††† †††

"우우우~. 왠지 제 몸의 절반이 사라진 기분이에요."

얼이 빠진 아코는 거의 내게 달라붙은 채 걷고 있었다.

두근두근하기보다는…… 무겁다. 힘들다.

"하고 싶은 말은 알겠지만, 몸의 절반이 사라지면 그냥 죽거든?"

"LA로 돌아갈 수 없는 저는 거의 죽은 거나 다름없잖아요!"

"수업 중에도, 매주 점검 중에도, 가끔 다른 온라인 게임을 할 때도 LA에는 들어가지 않았잖아?"

"할 수 있는데 안 하는 거랑, 아무리 하려고 해도 못 하는 거랑은 왠지 다른 느낌이 들지 않나요?"

"아아, 그 느낌 알지."

나도 「오늘은 로그인하지 않아도 괜찮겠지~」라고 생각할 때가 있다.

하지만 때때로 긴급점검 탓에 로그인하지 못한다는 소리를 들으면, 갑자기 안절부절못하게 된다니까.

"특히 오늘은 아침까지 할 생각이었으니까요."

"분위기를 한껏 낸 만큼, 크게 낙담하긴 했어."

자칫하면 부실에서 숙박할 기세였으니까.

"어째서 그런 버그가 생긴 걸까요?"

"으음, 패치 해석반의 정보로 약간 원인을 알게 됐거든?"

"알게 됐나요?"

패치 내용을 멋대로 해석해서 내용을 조사하는 수수께끼의 기술을 가진 분들이 정보를 모아주었다.

"해석반에 따르면, 아무래도 퀘스트 플래그에 관련된 버그라는 모양이야."

"흠흠. 퀘스트 플래그인가요……."

"이해하는 거냐, 아코."

"제가 이해할 거라 생각하시나요?"

"생각하지 않지만, 가슴을 펴지는 마."

그보다 내 팔에 달라붙은 상태에서 가슴을 펴지 말라고. 몰캉하잖아.

"구체적으로 설명하자면, LA에서 우리가 조작하는 캐릭터는 운영회사의 게임 서버에 보관되는 거야. 이쪽 컴퓨터가 아니라."

"그렇죠. 컴퓨터를 바꾸더라도 그대로 즐길 수 있으니까요."

그래그래. 데이터가 저쪽에 있으니까 위치가 변하든 기기가 변하든 같은 캐릭터로 게임을 즐길 수 있지.

"그리고, 보존된 캐릭터는 스테이터스나 스킬 정보뿐만이 아니라, 여러 가지 플래그를 갖고 있어."

"플래그요?"

그래. 플래그.

"이 퀘스트를 클리어했다, 이 퀘스트를 받을 수 있다, 이 이벤트를 끝냈다…… 그런 대량의 플래그가 캐릭터 안에 보존되어 있는 거야."

캐릭터마다 퀘스트 클리어 상황이나 이벤트 진행상황이 전부 다르니까.

터무니없는 숫자의 플래그가 한 캐릭터에 모여 있다.

"특히 퀘스트 플래그는 계정 단위로 클리어하는 퀘스트라든가, 한 번밖에 할 수 없는 퀘스트라든가, 다른 퀘스트의 전제가 된다든가 해서, 플래그 관리가 복잡해."

"그래서 자주 버그에 걸리죠."

"어째서인지 다음 퀘스트가 시작되지 않기도 하잖아."

곤란해, 곤란해.

아무 이유도 없이 퀘스트가 진행되지 않아서 운영진한테 메일을 보내게 된다니까.

"이번 패치에서는 4차 전직 퀘스트라는 플래그가 추가됐잖아. 모든 캐릭터가 같은 NPC에게 의뢰를 받는데, 직업에 따라 내용이 다른 성가신 퀘스트야. 게다가 엄청난 숫자의 플레이어가 동시에 진행하니까 우선도도 높지."

"어어, 네."

오, 이건 모르는 것처럼 보이면서도 어느 정도는 알고 있을 때의 얼굴이네.

"그럼 본론으로 들어가서, 패치 해석반의 예상인데……."

이번 패치의 무시무시한 진실. 그것은—.

"운영팀은 이번 패치에 모든 걸 쏟아부었다고 생각해. 4차 전직 퀘스트는 정말로 중요한 플래그로 다뤄지는 모양이야. 절대로 이것만큼은 버그가 걸리지 않도록 세심하고 또 세심하게 지켜왔어. 그 결과—."

"불길한 예감이 드네요."

맞아, 정답이야.

"—4차 전직 퀘스트의 플래그를 세울 때, 다른 모든 플래그에 덧씌워서 몽땅 다 지워버렸다, 라는 모양이야."

"전부 덧씌우다니…… 그, 방금 들었던 다른 퀘스트 플래그에 말인가요?"

"아니아니. 캐릭터를 생성했습니다, 라는 플래그까지 포함

해서— 전부."

"에에에에에엑?!"

아코가 경악해서 발을 멈췄다. 팔이 당겨진 나도 같이 멈췄다.

"그럼 전직하려고 했던 저희는……."

"4차 전직퀘를 받는 대신, 그 세계에서 존재가 전부 사라진 거지."

"너무해요!"

정말로 터무니없는 버그라니까.

"이건 말 그대로 어디까지나 해석반의 추측이고, 엄청나게 대충 설명한 것 같긴 하지만 말이야. 어떻게 패치 내용만으로 거기까지 알 수 있는지는 나도 잘 모르겠고."

"그, 그, 그, 그건 고칠 수 있나요?! 저는 그대로 사라지는 건가요?!"

"그렇게 되진 않아. 서버 데이터는 제대로 백업을 해놓고 있을 테니까."

"다행이다. 백업이 있는 거네요."

"백업을 해놨을 거야…… 해놓지 않았을까…… 아마 해놨을 거야……."

"루시안?!"

뭐, 조금 각오를 해두는 게 좋을지도. 데이터가 지워진 전례도 있으니까.

"일단 점검 전에 데이터를 보존해둔 타이밍까지 롤백[#3]하면 데이터는 복원될 테니까, 걱정할 것 없어."

"백섭하는 건가요?"

"서버가 열린 건 몇 분도 안 됐고, 큰 문제는 아닐 테니까."

치명적인 에러가 나왔으니 몇 분 백섭하는 것 정도는 다들 체념할 거라 생각한다.

"하지만 그렇게 간단히 고쳐진다면, 왜 종료 시각이 미정인 걸까요?"

"문제는 그거란 말이지."

버그 수정은 일단 뒤로 미뤄놓고 서버를 열어두는 게 온라인 게임 운영진의 기본 방침이다.

버그가 있는 부분은 고쳐질 때까지 동결하면 되지만, 서버를 닫아두면 과금을 할 수 없으니 그 사이에는 계속 돈을 벌지 못하게 되는데 말이지…….

이번 같은 경우, 전직 퀘스트만 동결하고 버그 수정이 끝나면 다시 추가하면 된다.

"긴급점검 종료 시각이 미정이라는 건, 우리의 상상을 뛰어넘는 위험한 일이 일어나고 있는 걸지도 몰라."

"우우우……. 무서워요."

"무사히 고쳐졌다는 공지가 뜨기를 빌자."

#3 롤백 현재의 데이터가 유효하지 않거나 망가졌을 때 기존 데이터로 되돌리는 행위. 대표적인 예로 온라인 게임의 「백섭」이 있다.

운영진 분들, 열심히 해주세요.

"그럼 오늘은 돌아가면 한가할 텐데, 뭐 할까요?"

"으음……. 오랜만에 다른 게임?"

"아, FPS 하고 싶어요!"

"으랏차로 하자."

"어째서인가요~!"

FPS 할 때마다 어둠이 깊어지니까 그렇지!

아코와 대화를 나누면서 느긋하게 귀가했는데도 점검은 끝나지 않았고, 끝날 기색도 없었다.

트위터의 공식 계정이 들끓고 있는 것을 바라보면서, 온라인 게임을 못하면 이렇게나 한가하다는 것을 통감하며 하루를 보냈다.

††† ††† †††

다음날. 진정이 되지 않는 상태로 하루를 보내고 겨우 찾아온 방과 후.

"너무 한가해서 무심코 봄방학 숙제를 하고 말았어요."

"아직 끝내지 못했던 거냐……."

"괜찮아요. 무사히 끝냈어요!"

"아코 군은 온라인 게임이 없는 편이 더 좋은 인생을 보낼 수 있는 게 아닐까?"

"온라인 게임이 없는 인생은 애초부터 인생이 아니에요."

아코는 노 온라인 게임, 노 라이프인 것 같다.

"……."

"…………."

문득 대화가 끊겼다.

평소였다면 LA의 떠들썩한 BGM이 겹쳐서 들리는 부실인데, 오늘은 컴퓨터의 팬 돌아가는 소리 밖에 들리지 않았다.

"왠지 조용하네."

"할 일이 없잖아."

아키야마는 휴대전화를 톡톡 만지고 있었다.

"공식 갱신 아직이야~? 나 이제 스킬 시뮬레이션은 질렸어~."

"슬슬 점검을 시작한지 하루가 된다. 진행 상황 정도는 나와 줬으면 좋겠다만."

"혹시, 게임을 켜면 평범하게 들어갈 수 있지 않을까?"

"설마 그럴 리가요~."

아코가 쓴웃음을 지으며 딸칵딸칵 하고 클라이언트를 켰다.

나도 함께 LA 아이콘을 더블클릭했는데…… 어라?

"어라, 패치 받고 있는데?"

"진짜?!"

의자에 등을 기대고 늘어져 있던 세가와가 벌떡 자세를 고쳤다.

그에 따라 트윈테일이 힘차게 모니터를 두드렸다. 그거, 아프지 않아?

"정말이네. 떴어, 떴어!"

"방금 공지도 떴군. 내용은— 점검 종료 알림."

"떴다아아아아!"

치명적인 에러라고 했는데 하루 만에 끝나다니, 그나마 나은 편이잖아!

패치가 설치되는 모습을 조마조마하게 기다렸다. 에잇, 빨리 받으라고!

"좋았어, 전직하자! 바로 하자!"

"내 양손 초대형 방패가 기다리고 있다고!"

"다들 갑자기 기운이 솟구치네?"

그야 당연하지! 방심해서 새로고침을 게을리 했던 게 후회가 될 정도야!

"……어라?"

그때, 누구보다 빨리 패치를 받은 아코가 멍하니 입을 열었다.

"저기, 제가 죽어있는데요?"

"무슨 소리야?"

"게임이 끊긴 곳은 마을 안이잖아. 왜 죽는 건데?"

"그게, 이거 보세요."

아코가 가리킨 곳으로 시선을 돌렸다. 익숙한 캐릭터 선택 화면에서, 역시 익숙한 아코의 모습이, 검은 테두리에 덮인 흑백으로 표시되어 있었다.

딱히 아무런 변화는—.

"아니아니, 왜 흑백인데! 영정사진이냐?!"

"그렇죠? 죽어 있죠?!"

평범한 캐릭터 선택 화면이라면 캐릭터가 컬러로 표시될 거고, 뚜벅뚜벅 걷는 모션을 취할 것이다.

하지만 지금은 캐릭터가 멈춰있고, 검은 테두리에 흑백이다. 이건 확실히 죽은 것처럼 보인다.

"아코, 그거 로그인은 못해?"

"안 돼요. 반응하지 않아요! 저는 대체 어떻게 된 건가요?!"

"진짜냐……."

대체 무슨 상황이야.

"흠. 나도 영정사진이 되었군."

"내 슈바인 님이!"

게다가 속속 사망 보고가 나왔다.

"내 루시안은……."

캐릭터 선택까지 가서, 이미 익숙해진 루시안을 선택— 할 수 없었다.

내 루시안도 검은 테두리에 둘러싸인 흑백 상태로 서 있었다.

아무리 엔터를 눌러도 반응하지 않고, 클릭해도 무리였다.

"루시안도 죽어버렸어요~!"

"예쁜 캐릭터지? 죽었어, 이거."

"두 사람 모두 죽은 건가요?! 동반자살인가요?!"

"재수 없는 소리 하지 마!"

"전원이 죽었다. 동반자살은 아니겠지."

"애초에 멋대로 죽이지 말라고! 보통은 죽더라도 로그인할 수 있으니까, 뭔가 다른 문제일 거야!"

세가와가 키보드를 탁탁 두드리며 말했다.

그야 그렇다. 사망 페널티를 받으면 소생할 수 있는 게임인데, 죽었다고 로그인할 수 없게 되는 일은 있을 수 없는 일이다.

"애초에 캐릭터가 검게 변했다는 이야기는 들은 적도…… 아, 아니, 잠깐……."

기억에 있다.

내 캐릭터가 이렇게 검게 변한 것을— 본 적이 있다.

그건 확실히, 작년—.

"이거, 루시안의 계정이 동결됐을 때와 똑같죠?"

"그거다~!"

론을 함정에 빠트리기 위해 현금 거래 미수를 저질러서 계정 정지 처분을 받았을 때하고 같았다.

시험 삼아 로그인을 해보니 모든 캐릭터가 검게 변해서 들어갈 수 없었다.

"……내가 잊고 있었는데, 어떻게 아코 네가 기억하는 거야?"

"그야 루시안의 일이니까요?"

그 한 마디로 전부 설명이 된다는 표정을 지어도 말이지…….

"캐릭터가 동결됐다…… 그건가. 딱히 나쁜 짓을 하지는 않았다만."

"오히려 마스터는 초우량 고객이잖아."

"그럼 원인은— 애초에 아직 공지를 읽지 않았다."

그러고 보니 점검이 끝났다는 정보밖에 확인하지 않았다.

제대로 볼까.

"어어, 어디어디……."

레전더리 에이지 운영팀입니다.

장기간 긴급점검을 진행하게 되어 대단히 죄송합니다.

데이터베이스에 문제가 발생하였기에 수복 작업을 진행하고 있습니다.

오늘 오후 4시에 점검을 종료하고 서버를 오픈했습니다만, 시스템상의 문제가 해결되지 않아 작업 종료까지 잠정적으로 4차 전직 퀘스트 입수 조건인 『직업 퀘스트 종료』, 『레벨 100』을 달성한 캐릭터 및 캐릭터 서버에 관한 시스템을 동결했습니다.

"……캐릭터 동결, 이라는데."

"농담이 심하네."

"이렇게까지 치명적인 문제였을 줄이야."

마스터가 복잡한 표정으로 으르렁댔다.

"그것도 퀘스트를 받은 캐릭터만이 아니라, 입수 조건을 채운 캐릭터까지 모두 동결이라니……."

"불공평한 느낌을 불식하기 위해서겠지."

"전원이 공평하게 괴로워하는 건, 과연 평등한 건가?"

"나는 돼지니까 복잡한 건 모르겠지만, 아무튼 슈바인으로 로그인을 못하게 됐다는 뜻이네."

그런 셈이지.

"그럼 나나코는 문제없이 접속할 수 있어?"

"응. 세테는 쓸 수 있어."

아키야마는 그대로 게임에 들어간 모양이었다.

"전직시켜주는 사람이 사라지고, 진입 금지! 라는 바리케이드가 생겼네."

그렇게까지 할 필요는 없거든? 오히려 그딴 작은 소재를 추가할 시간에 빨리 고쳐달라고!

"그럼 우리는 메인 캐릭터를 쓸 수 없다는 건가? 어쩔 거야, 이거……."

"다음 공지에 적혀 있다."

아, 진짜네.

캐릭터 동결 사과와 보상에 대해서 일부러 다른 공지로 써 놨다.

"으음, 문제점에 따른 캐릭터 동결과 긴급점검, 업데이트 연기에 대한 사과 보상으로, 작업 기간 중에 새로운 캐릭터를 생성하여 레벨을 30까지 올린 유저에게 보너스 박스를 드립니다…… 라네."

공지를 끝까지 읽은 세가와가 멈췄다.

그리고는 잠시 뜸을 들이고, 멍하니 입을 열었다.

"버그에 대한 사과로 새 캐릭터를 만들어서 레벨을 올리게 해줄 테니 기뻐해라, 라는 소리야?"

"대응이 너무 엉뚱하잖아!"

대체 이게 뭐야!

메인 캐릭터를 쓰지 못하니까 새 캐릭터를 만들라는 거냐고!

"사과의 뜻으로 레벨을 올리게 해준대요! 해냈네요!"

"해냈다기보다는, 당한 것 같은데……."

"철야 수복 작업으로 운영 측도 혼란에 빠진 거라고 생각한다만……."

그렇다고 해도 너무하다.

"메인 게시판도 엄청 폭발하고 있네."

"메인 게시판 사람들이야 다들 동결됐을 테니까."

굳이 따지자면 느긋하게 즐기는 파인 우리조차도 전직 조건을 채웠다.

게임 폐인들라면 분명 메인 캐릭터가 동결됐을 거다.

"……뭐, 루시안의 영정사진을 보고 있어봤자 소용없지. 어쩔까?"

모두에게 시선을 돌렸다.

"어쩔까, 라고 물으셔도……."

"다들 서브캐 갖고 있어?"

"저는 창고 1호밖에 없어요."

"이름에 사랑이 너무 없잖아."

"그렇게 말하셔도, 저는 저니까요!"

"뭐, 아코는 아코가 아코니까, 아코 이외의 아코를 가지지 않은 건 이해하지만."

"조금 혼란스러우니까 그만해줄래?"

세가와가 으음 하고 천장을 올려다보며 말을 이었다.

"그치만, 나도 슈바인 말고는 만들지 않았어."

"나도 그렇다. 과금은 한 명에 집중해야 하니 말이지."

"다들 서브가 없는 건가."

나도 피로시키가 있을 뿐이고, 그나마도 딱히 레벨은 높지 않으니까.

"참고로 지금 새 캐릭터를 만들면 보너스를 받을 수 있는 거지?"

"보너스 박스를 받을 수 있다는 것 같더군."

"뭐가 들어있나요?"

"공지에 쓰여 있다. 게임 머니와 회복 아이템, 일부 과금 아이템. 그리고 랜덤 인첸트 스크롤이다."

"랜스크도 받을 수 있어?!"

"호화롭네. 이건 사과의 성의를 조금 느낄 수 있을지도 몰라."

"사과의 고동을 느끼네요."

랜덤 인첸트 스크롤이라는 건 이름 그대로, 사용하면 랜덤으로 인첸트 스크롤을 입수할 수 있는 아이템이다.

모든 인첸트 중에서 랜덤으로 나오니까 랭크 S의 초레어 인첸트가 나올 수도 있다.

"가게에서 사면 꽤 비싸니까요."

"복권 같은 셈이니, 운을 시험하려고 사는 사람도 있으니까."

팔아도 좋고 써도 즐겁다. 모두가 좋아하는 아이템이다.

그걸 받을 수 있다면야—.

"……어차피 메인은 쓰지 못하니까…… 새 캐릭터 만들까?"

"만들 거야?"

오, 세가와가 의욕적인데?

"나는 상관없다. 이대로 문제가 고쳐질 때까지 한가함을 주체하지 못하는 것도 그러니."

마스터도 수긍했다.

"나나코는…… 그만두는 편이 좋겠네."

"으~음. 지금은 딱히 새 캐릭터로 힘내자! 라는 기분은 아니니까."

"무슨 일 있었나요?"

"조금 말이지~."

그러고 보니 어제도 텐션이 미묘하게 낮았다. 무슨 일 있었나?

"그럼 아코는?"

"……으~음."

아코는 복잡한 표정을 지었다.

메인 캐릭터인 『아코』에 감정이입이 심한 만큼, 서브 캐릭터에는 적극적이지 않을지도 모른다.

"뭐야, 아코는 의욕이 없어?"

"그런 건 아니지만요."

아코가 우물쭈물하며 확실한 태도를 보이지 않자 세가와가 나를 가리키며 말했다.

"니시무라도 서브캐 만들 거니까, 그 캐릭터하고도 결혼하면 너 혼자서 니시무라하고 중혼할 수 있어."

"만들게요!"

그렇게 고민하더니 즉답이냐?!

"그런 이유로 만드는 거냐……."

"루시안은 저랑 결혼하고 싶지 않나요?!"

"그 이야기는 1년 전에 실컷 했잖아."

싫지는 않지만, 결혼도 공짜는 아니라고. 게임 머니가 나름 필요하단 말이야.

"그럼 캐릭터를 만들까."

"네~에."

빈 캐릭터 슬롯을 골라서 캐릭터 생성 버튼을 눌렀다.

방금 전까지의 영정사진과는 다른 컬러 캐릭터가 화면에 표시되었다.

아무 특징도 없는 완전 기본 캐릭터다. 이쪽의 취향에 맞춰서 바꿀 수 있지만.

"……뭐, 나 그대로 하면 되려나."

루시안과 같은 겉모습을 만들었다.

응응, 이게 익숙하지.

"아코는……."

"네?"

들여다보니, 아코는 역시 평소 그대로의 아코였다.

우리는 둘 다 변함이 없네.

"이번에는 어떤 느낌으로 할까~."

세가와는 즐겁고 활기차게 마우스를 움직이고 있었다.

"설정이 중요하니까~, 그에 따라 특징이 전혀 달라진단 말이지."

"캐릭터를 만들기 전에 설정을 먼저 정하는구나."

"당연하지. 이번에는 완벽하게 롤 플레이를 해낼 거라고."

아, 역시 서브로도 롤플레잉 하는구나.

"으음, 슈바인 님은 제대로 이미지 일러스트가 있었으니까, 이번에도 비슷한 걸 갖고 싶어."

"또 공식 일러스트에서 찾아본다든가?"

"아, 그거 좋네~. 요즘 일러스트면…… 아, 이거! 나 얘로 만들래!"

세가와가 내 쪽으로 모니터를 홱 돌렸다. 모니터에 비치는 것은, 현실에서 봤다간 식겁할 정도로 얇은 옷을 입은 무희 캐릭터였다.

"어? 뭐야. 댄서? 여장시킬 거냐?"

"왜 남캐를 쓰는 게 전제냐고. 여자아이야. 여자아이."

"넷카마냐?"

"나를 대체 뭐라고 생각하는 거야?!"

농담이야. 농담.

"그럼 슈는 평소와 다른 직업으로 할 건가요?"

"그러려고. 다른 캐릭터로 대검을 쓰면 슈바인에게 미안하니까, 마침 잘 됐어."

세가와는 그렇게 말하며 그래픽을 조정했다.

새 캐릭터에 다른 직업이라, 괜찮네.

"그럼 우리도 다른 직업으로 할까?"

"그거 좋군."

마스터는 씨익 웃었다.

"평소에 나는 마법사다만…… 좋아. 이번에는 아처를 목표로 해볼까."

"역시 마스터는 딜러 캐릭터네."

"원거리 딜러들끼리 서로 라이벌처럼 다뤄지고 있으니 말이지. 어떤 차이가 있는지 예전부터 흥미가 있었다."

"으음, 지원캐인 댄서와 딜러인 아처니까…… 밸런스를 생각하면 탱커와 힐러가 필요하네."

"남은 건 니시무라와 아코잖아. 다들 평소와 다른 직업을 한다면……."

"……그렇게 되겠군."

그렇지, 라는 듯이 다들 아코에게 시선을 보냈다.

모두가 자신을 바라보자 아코는 움찔움찔 몸을 오므리며 입을 열었다.

"설마 제가 탱커, 인가요……?"

"그렇지. 괜찮네. 해보자."

"에에에에에에에엑?!"

아코는 붕붕 고개를 내저으며 일어섰다.

"무리에요무리에요무리에요!"

"어째서? 언제나 내가 하는 모습을 보고 있잖아."

"그러니까 무리라고 하는 거라고요!"

그렇게 복잡한 조작은 안 하는데?

"메인 탱커라고요, 메인 탱커! 파티를 지탱하는 중요한 일이에요! 제가 할 수 있을 리가 없잖아요!"

"평소에 하는 힐러도 파티를 지탱하는 중요한 일이잖아?"

"그보다 중요하지 않은 직업은 없어."

"그래. 어느 직업도 평등하다."

"그런 번드르르한 말은 듣고 싶지 않아요!"

아코는 양손으로 귀를 막고 고개를 흔들어댔다.

뭐야, 탱커를 하는 게 그렇게 싫어? 해보면 즐거운데?

"봐봐, 아코 네가 탱커라면 내가 힐러잖아? 얼마든지 내가 힐을 넣어줄 텐데?"

"우우……, 루시안에게 힐을 받는 건 조금 매력적이네요."

치유한다고~, 내가 아코를 치유한다니까~?

"게다가 서로의 직업을 해보면 우리의 연계가 좋아질지도 모르고 말이야."

"우우…… 아, 알았어요! 해볼게요!"

"오, 의욕이 생겼네, 아코."

"네!"

아코는 주먹을 꽉 쥐고 단호하게 말했다.

"왜냐하면 레벨 30까지니까요!"

"……뭐, 그렇지."

기간 한정의, 속물적인 결의였다.

"그러니까, 탱커에 대해 가르쳐주세요!"

"그래. 탱커라면 맡겨두라고!"

레벨 30이면 실드 나이트가 되지 못하고 나이트로 끝나지만 말이지.

"먼저 초기 스탯은 어쩌죠?"

"VIT와 DEX를 높이고, 이번 편성으로는 딜이 필요해지니까 STR에도 투자해.”

“그럼 세 개를 균등하게 하는 게 좋겠네요.”

“그게 무난하지.”

그리고 나는 힐러니까 INT를 높이기로 할까…… 좋아.

아코가 탱커니까 VIT에도 투자하자.

맞다. 힐러라면 캐릭터도 조금 바꿔야 하나?

힐러 같은 얼굴로 할까? 아냐, 이대로 힐러를 하는 것도 오히려 재미있으려나?

“곤란한데? 새 캐릭터 만드는 게 즐거워.”

“두근두근하네!”

“음. 그리운 감각이로군.”

세가와와 마스터도 즐겁게 캐릭터를 만들고 있었다.

크, 게임 문제가 원인이 돼서 어쩔 수 없이 시작했는데, 하니까 재밌네! 왠지 분해!

“끝으로 이름이 문제네. 음, 뭔가 좋은 이름 없을까?”

“음. 바르켄, 같은 건 어떠냐?”

“멋있네! 무슨 뜻이야?”

“돼지다.”

하긴 그렇겠죠.

“썰어버린다? 검은 쓰지 못하지만.”

애초에 그거 어느 나라 말인데?

“게다가 이번에는 귀여운 캐릭터니까, 멋있는 이름은 필요 없어."

"그럼 아카네, 페루스는 어때?"

"아, 귀엽다! 나나코, 그건 무슨 뜻이야?"

아키야마는 반짝이는 미소와 함께 크게 외쳤다.

"돼지!"

"괴롭힘?! 괴롭히는 거야?!"

괴롭힘은, 없습니다.

"아~ 정말, 귀찮으니까 그냥 슈로 할래."

"그 이름은 다른 사람이 쓰지 않을까?"

"의외로 괜찮은 것 같아."

슈의 이름은 슈로 결정된 모양이었다. 유감이다.

"그럼 나는…… 이거군."

화면을 보니 †애플리코트†라는 표시가 떠 있었다.

"마스터는 클라우드 씨 리스펙트야?"

"검은 마술사 리스펙트다."

어느 쪽이든 상관없어!

"그럼…… 저는 아코에 별을 붙일래요!"

"그대로네~."

그쪽은 아코답네.

"그럼 나는…… 이러면 되나."

딱히 골똘히 생각하지 않고 루시안'이라고 지었다.

이거면 된다고. 서브니까.

"그 기호는 너무 대충 아닌가요?!"

"입으로 직접 부르면 멋있는데? 루시안 대시니까."

"제 루시안을 누군가에게 빼앗긴 것 같은 이름이네요."

루시안 탈취?#4

"아포스트로피 루시안 아니야?"

"루시안 프라임이 아닐까."

"내일 배송 올 것 같네요."

"읽는 법은 각자에게 맡기겠지만, 아무것도 배송하지 않거든!"

아무튼 캐릭터는 완성.

나머지는 로그인할 뿐이다.

"그럼 들어가자."

"에러 뜨지 않겠죠?"

"괜찮아, 괜찮아."

막 만든 루시안'을 선택해서 엔터를 누르자 무사히 게임이 시작됐다.

다행이다. 루시안은 동결됐지만 게임은 제대로 할 수 있구나— 라고 생각했는데, 막 로그인해서 처음 보인 것은 사람의 산이었다.

"뭐야, 이거~!"

"사람이 너무 많아요~!"

#4 탈취 「대시(dash, ダッシュ)」와 「탈취(奪取, だっしゅ)」는 일본어 발음이 동일하다.

점검 전날 밤과 흡사한 수준의 수많은 캐릭터가 화면을 가득 메우고 있었다.

어, 어어, 여기는 어디였더라? 새 캐릭터니까 평소에 접속하던 마을은 아니겠지?

"아, 그렇구나. 튜토리얼 맵이야. 다들 새 캐릭터를 만들었으니까 엄청 붐비는 거야."

"이렇게 사람이 많은 튜토리얼은 본 적 없어."

"불만을 늘어놓으면서도 다들 레벨 30을 노리는 모양이군."

적어도 보상품을 받지 않으면 납득이 가지 않는다는 건가.

"아무튼 이동하자. 어딘가에서 모여서 파티를 맺도록 하지."

"저쪽 나무 밑이 비었어."

"어디 나무인가요~! 모르겠어요~!"

"모른다면 이리저리 이동하지 말란 말이야."

어찌어찌 모여서 그 자리에서 파티를 맺었다.

루시안', ☆아코☆, 슈, †애플리코트†의 4인 파티다.

◆루시안' : 잘 부탁해~.

◆☆아코☆ : 잘 부탁드려요.

◆†애플리코트† : 음. 30까지 어서 올리도록 하자.

"잘 부탁…… 아, 잠깐 기다려."

채팅을 치던 세가와가 손을 멈췄다.

"왜 그래? 캐릭터 생성에서 뭐 실수했어?"

"아직 이 아이의 캐릭터 이미지가 고정되지 않았거든."

"필요한 게 그거야?!"

"중요하잖아!"

그렇게 단언할 만큼 중요해?!

"슈바인 님의 츤츤 계열 꽃미남하고 이 아이는 전혀 다른 캐릭터잖아! 여기서는 확실히 전환을 해야지!"

"또 쓸데없는 고민을……."

"이해한다. 이해하고말고, 슈바인. 나도 이 아이에게 얼마나 돈을 부어야 할지 고민하는 중이다."

"붓지 말라고……."

메인 캐릭터가 아니니까.

어쩌면 레벨 30까지밖에 올리지 않을 거라고?

"……."

어? 아코가 갑자기 조용해졌네.

"아코?"

"앗! 여, 여기 보지 말아주세요!"

"어째서?!"

아코가 양팔로 몸을 가리면서 그렇게 말했다.

왜 보면 안 되는데?

"지금 저, 전혀 귀엽지 않은 초기장비니까요!"

"그걸 신경 쓰고 있었냐! 그보다 현실의 몸을 숨겨서 어쩔 건데!"

"사실은 저쪽의 몸을 가리고 싶은 마음이 굴뚝같아요."

아코는 꾸물꾸물 몸을 비틀면서 말했다.

그렇게 꾸물꾸물하면 오히려 뭔가 굉장히 야시시한 느낌이 나는데…….

"우우우, 이런 모습을 남편에게 보여주다니!"

"화장 안 한 얼굴을 보여주고 싶지 않아~ 같은 말투네."

"화장 같은 건 한 적 없는데요."

"아코. 어떻게 그 얼굴을 만들고 있는데?"

아키야마가 진지하게 물었다.

아코는 어리둥절하게 뺨에 손을 댔다.

"자고 일어나면 이런데요?"

"아코는 여러 사람에게 사과해야 해."

아키야마는 여전히 진지한 얼굴이었다.

"우우, 빨리 창고에서 귀여운 복장을 꺼내고 싶어요."

"그럼 이 맵을 나가야지."

튜토리얼은 당장 끝내자.

이동이나 퀘스트 튜토리얼을 진행해서 「회복직 디컨을 목표로 한다면 성도(聖都) 라이소드로 가라!」는 NPC의 고마우신 말씀을 듣고 겨우 밖으로 나올 수 있었다.

출현한 곳은 조금 그리운 마을 입구.

시작의 마을, 칸토르다.

"공성전에서 성을 차지했던 곳이네."

"역시 인파가 붐비는데."

화면을 보니 초보자들밖에 없다.

다들 이 마을로 튕겨 나온 모양이다.

"저기……."

그때, 아직 몰래몰래 숨는 동작을 보이던 아코가 입을 열었다.

"초보자들이 너무 많지 않나요?"

"메인캐를 쓸 수 없으니 어쩔 수 없잖아."

"그건 그렇지만……."

아코는 하나~ 둘~ 하고 화면에 나온 초보자 캐릭터들의 숫자를 세면서 물었다.

"장비도 돈도 창고에 있으니까, 다들 바로 전직하지 않나요? 왜 이렇게 초보밖에 없는 걸까요?"

"……그러고 보니 그러네."

이미 서비스를 시작한지 몇 년이나 지난 게임이다.

창고에서 아이템을 꺼내 적을 사냥하면 첫 전직은 순식간에 끝난다. 언제까지 초보자인 채로 있을 필요는 없다.

"애초에 초기 마을인 칸토르에 이렇게 사람이 많은 게 이상해……."

"칸토르가 초반 렙업에 좋아서 그런 거 아냐?"

"하지만 메탈프티도, 고블킹도 여기에서는 먼데?"

"확실히…… 수도로 이동하면 되려나."

참고로 메탈프티란 HP는 5밖에 되지 않은데 엄청 단단하고 경험치는 그럭저럭 높은 메탈 프티 드래곤이라는 몬스터를 말한다.

초보자라도 열심히 두들겨서 다섯 방 맞추면 쓰러트릴 수 있기 때문에, 스킬로 타깃을 유지하면서 두들기면 레벨이 꽤 빠른 속도로 올라간다.

세테 씨의 초기 레벨업을 위해 데려가려고 했다가 기각된 몬스터다.

고블킹은 고블린 킹이라는, 공격 속도가 느리고 공격 스킬을 쓰지 않기 때문에 즉사하지 않는 한 힐을 계속 걸면 반드시 이길 수 있는, 역시 레벨링의 정석 같은 몬스터다. 이쪽도 역시 기각됐다.

이번에는 우리의 서브 캐릭터니까 그런 파워 레벨링을 해도 문제없겠지.

"뭐, 우리는 속성으로 가자고."

"레벨 1짜리 넷이서 이길 수 있나요?"

"안 되면 서먼 세테를 쓰면 되지 않을까?"

"나 불렀어?"

안 불렀어, 안 불렀어.

"그럼 전송을 써서 수도로 가자."

"오케이~."

전원이 마을 중앙에 있는 텔레포트 서클로 향했다.

여기에 돈을 내면 다른 마을로 이동할 수 있다.

"전송비가 얼마였더라?"

"맞다. 먼저 은행에 가야겠네."

막 만든 캐릭터니까 돈은 전혀 갖고 있지 않다. 은행에 가서 돈을 찾아야지.

"이 마을의 창고는 어디냐!"

"오른쪽에 있어요. 있는데……."

가장 먼저 창고로 향한 아코가 어째서인지 떨리는 목소리로 말했다.

귀여운 옷을 찾지 못한 건가? 아코는 그런 거에 고집하는 타입이니까…….

뭐, 나는 성능만 좋으면 겉보기는 신경 쓰지 않으니까. 창고에서 대충 꺼내서 입으면—.

▶현재 창고 기능은 사용할 수 없습니다.◀

"……."

일단 다시 한 번 말을 걸었다.

▶현재 창고 기능은 사용할 수 없습니다.◀

"어째서?!"

"창고를 못 쓰는데?!"

"그렇다니까요오오오오."

아코가 울상을 지은 이유를 알았어! 뭐야, 이거!

"왜 캐릭터는 물론이고 창고까지 못 쓰는 거냐고! 이상하잖아!"

"하지만 적혀 있었는데?"

아키야마가 느긋한 얼굴로 말했다.

"캐릭터 서버에 관련된 시스템은 동결이라고."

"창고가 캐릭터랑 관련이 있었어?!"

"있을지도 모른다. 이 게임의 창고는 전 캐릭터 공통이다. 그리고 창고를 경유하면 다른 캐릭터의 아이템란도 확인할 수 있지."

"그게 원인인가!"

캐릭터 체인지를 하지 않아도 다른 캐릭터의 장비와 소지품을 볼 수 있는 시스템이 악영향을 끼친 건가!

그렇게까지 하지 않아도 딱히 상관없잖아! 그렇게 위험한 에러였어?!

"그렇다면 내 장비를 못 꺼내잖아!"

"저저저저저저, 이 옷 그대로 입어야 하나요?!"

두 사람이 절망적인 표정을 지었다.

"흠. 친구 리스트도 공백이군."

"진짜냐……."

계정에 공통적으로 적용되고, 모든 캐릭터에서 쓸 수 있는 시스템은 전부 못 쓰게 된 건가.

"저희 집도 들어가지 못하는 건가요?"

"니시무라 가의 소유자는 기본적으로 아코니까, 무리일지도 몰라."

"그럴 수가!"

애정을 가진 만큼 아코의 대미지도 컸다.

"아니, 잠깐, 설마……."

그때까지 여유로웠던 마스터의 표정이 확 구겨졌다.

마스터가 이런 리액션을 보인다는 건—.

"과, 과금을 못 한다!"

그렇겠죠~.

"이런 버그 상태에서 돈을 쓰라고 하는 것도 문제잖아."

"돈을 쓰지 않아도 게임을 할 수 있다니, 좋네요."

"나는 쓰고 싶다. 경험치 버프의 서를 사고 싶단 말이다. 부탁이다, 운영진에게 돈을 쓰게 해다오."

이런 상황임에도 마스터는 돈을 쓰고 싶어서 견딜 수 없는 모양이다.

"하지만 과금 시스템도 캐릭터 공통이니까."

"포기하자. 마스터."

"으그그그극."

마스터가 풀썩 고개를 떨궜다.

그렇게나 막으려고 해도 막지 못했던 마스터의 과금이 이런 형태로 멈추게 될 줄이야.

"과금은 둘째 치더라도, 이동만큼은 하고 싶어."

"하지만 은행을 못 쓰면 돈이 없잖아."

그렇단 말이지.

마을간 이동을 하는 데는 돈이 많이 들지 않지만, 레벨 1로는 도저히 벌 수 없다.

은행을 쓰지 못하니 누군가에게 도움을 받을 수밖에 없나— 좋아.

“아키야마. 전송료 좀 빌려줘!”

“미안, 나나코. 돈 좀 빌려주지 않을래?”

“미안하다, 세테. 단돈 5k면 충분하다.”

“세테 씨, 돈 좀 주세요.”

우리는 친구에게 돈을 꾸기로 했다.

이거, 선생님이 들으면 기절할 것 같은 대화네.

“잠깐 기다려. 지금 그 마을로 가는 중이니까.”

“미안하구먼.”

“차마 볼 면목이 없네.”

“괜찮아, 괜찮아. 처음에 게임 시작할 때 모두에게 받았던 돈을 조금이나마 돌려줄 뿐이니까.”

이렇게 세테 씨의 도움을 받다니 조금 기쁘다. 이제 도와주기만 하는 상대가 아니게 됐구나.

잠시 기다리자, 문 쪽에서 세테 씨와 무땅이 달려왔다.

“아, 있다, 있다! 거래창 꺼낼게~.”

“고마워~.”

정말 살았다.

하지만 왜 바깥에서 온 걸까. 전송으로 오면 될 텐데…….

아무튼 이동하자. 크리스털을 쓰면 수도로 이동할 수 있을 것이다.

"저기, 왠지 불길한 예감이 드는데요."

"나도 그렇게 생각하지만, 아무튼 이동해보자."

크리스털을 건드리고 목적지를 고르면 날아갈 수 있을 텐데…….

"아, 못 날아가네."

"목적지가 없네요."

역시나― 그럴 것 같았어.

"목적지는 계정 공통이었지? 이 캐릭터로 간 적이 없는 곳이라도 전송할 수 있잖아."

"음. 한 번 가면 어느 캐릭터라도 전송할 수 있다."

"어느 캐릭터라도…… 말이지……."

말없이 서로를 바라봤다.

다른 마을로 가는 전송 플래그를 세우는 건 메인 캐릭터다.

전송 시스템은 계정에 얽힌 것이고, 전 캐릭터 공통이다. 그렇다면―.

"……전송 시스템의 해방 플래그도, 리셋됐다는 뜻이네."

"그래서 달려온 거야. 좋아. 해방됐네."

아키야마는 전송 시스템 플래그를 세우는 겸해서 마을까지 와 준 것 같다.

"그럼 로드스톤까지 어떻게 가면 되나요?"

"걸어서 갈까?"

"하지만 도중에 선공형 몬스터도 나오잖아."

"레벨 1로는 죽어버려요."

"……과연."

마스터가 무겁게 말했다.

"창고 시스템이 동결돼서 아이템도 자금도 꺼낼 수 없다. 전송 시스템도 리셋돼서 마을에서 안전히 이동할 수도 없지. 그래서 이 마을에 이렇게 많은 초보 캐릭터가 집결해있는 건가."

"아아, 그래서 마을 안이 초보자로 가득 찬 거구나."

"다들 마을에서 나가지 못하는 거네요."

딱히 나가지 못하는 건 아니지만, 멀리 나가기에는 레벨이 부족한 것이다.

"이 마을에서 전직할 수 있는 직업은 초기 것들밖에 없지?"

"나이트와 매지션은 가능해."

"다음 실드 나이트는 어디서 하죠?"

"수도지."

"너무 멀어요!"

"내 댄서는 모코모코에 있는 NPC한테 가야 하거든? 도중에 던전이 있는데, 어쩔 거야……."

"아처도 이 마을에서는 전직할 수 없군……."

"초기부터 추가된 직업이 아니니까."

추가되었을 무렵에는 어느 마을로도 간단히 이동할 수 있었으니까 여러 마을에 전직 NPC가 설정되었다.

하지만 이대로 전직도 못하는데 멀리까지 이동이 가능하도록 레벨을 올리는 건 무리다.

그렇지만 이동하지 않으면 전직할 수 없다.

"……어, 어쩌죠?"

아코가 당황하며 말한 직후, 딩~동~댕~동 하는 종소리가 울렸다.

††† ††† †††

"곤란해졌네요."

"어떻게든 되겠지."

"루시안이 낙관적이네요! 신기하게!"

돌아가는 길, 옆을 걷는 아코가 놀란 듯이 물었다.

뭐야, 내가 언제나 비관적인 것처럼 말하기는.

"괜찮다니까. 콘솔 유저였다면 외통수였을지도 모르지만, 이건 온라인 게임이니까."

할 수 있어. 괜찮아. 아마도.

"그건 그렇고, 이렇게 커다란 버그라니 드물지 않나요?"

"꽤 자주 있어."

"그런가요?"

"데이터베이스가 날아가는 건 은근히 자주 있는 일이야."

"자주 있으면 안 되는 게 아닐까요!"

은근히라니까, 은근히.

"버그가 너무 치명적이라서 느닷없이 게임이 끝나버리는 경우도 있고."

"들은 적 있어요!"

점검이 끝났다고 생각했는데 게임이 끝났다니, 장난이 아니긴 하지만.

"……혹시 비슷하게, 제가 줄곧 동결된 상태로 있으면 어떻게 하죠?"

아코는 조금 불안한 듯이 나를 올려다보며 말했다.

"그때는 방금 만든 별 달린 아코로 힘내자고."

"그건 제가 아니라서요."

"아니야?"

저건 저것대로 아코인 것 같은데?

"그치만 세상에 저는 한 명밖에 없잖아요."

"……굉장히 모순된 발언인 것 같은데."

"그런가요?"

타마키 아코와 온라인 게임의 아코가 존재하는 건 OK인 건가?

다른 사람이 아니라 완전히 동일하니까 괜찮은 건가?

"보통은 아코가 저! 저는 아코! 라는 느낌이긴 하니까, 이상한 느낌이네.”

“저도 제가 없어져서 진정이 안 돼요.”

아코답지 않은 건지, 아니면 이게 아코다운 건지 모르겠다.

“하긴 서브캐는 애착을 가지기 어려울 때가 있긴 해.”

“평범한 사람도 그런가요?”

“역시 메인캐에 비하면 애정이 떨어지지.”

나도 고양이공주 씨에게 차인 뒤, 최종적으로 캐릭터를 다시 만들어서까지도 이름을 『루시안』으로 지었으니까.

피로시키는 그럭저럭 써오긴 했지만, 그것도 계정 해킹 때 같이 노력해 왔으니까 애착이 있는 이름인 것이고—.

“아코처럼 캐릭터 사랑이 강한 타입은 서브캐가 좀 서툴겠지.”

“네. 저라는 생각이 안 들어서 진정이 안 돼요.”

“그래도 쓰는 동안에 조금씩 익숙해질 거라 생각하는데.”

“그럴까요…….”

“게다가 말이지, 보통은 보호를 받는 쪽이지만, 선두에 서서 모두를 지키는 또 한 명의 아코라는 것도 나쁘지 않잖아?”

“으~음…….”

아코는 조금 고민한 뒤에 씨익 웃으며 말했다.

“보호받는 쪽이 좋아요!”

“에잇, 이 글러먹은 인간 같으니!”

“냐우우우우우우.”

양손으로 만지작만지작 머리를 어루만지자 아코가 냐우 냐우 하고 울었다.

젠장, 귀엽잖아.

"왠지 요즘, 반 아이들한테도 이렇게 놀림을 받아요."

"아코는 만지작거리기 쉬운 느낌이니까."

원래부터 머리모양이 대충이라서 엉망으로 헝클어도 화내지 않고.

"어제도 숙면을 취하는 아코를 둘러싸고 모두 함께 만지작댔던 것 같으니까."

"노 리액션으로 넘어갈 수 있어서 편한 거야 좋긴 하지만요."

이 녀석, 커뮤니케이션을 할 생각이 없네.

"친구가 됐으니까, 좀 더 얽혀보면 어때?"

"친구……."

뭔가 납득이 가지 않는지, 아코는 으~음 하고 뺨에 손을 대며 말했다.

"그것도 조금 곤란한데요……."

"무슨 문제라도 있어? 친구를 가장해서 심술을 부리는 녀석이 반에 있다면 아무리 나라도 전력으로 대응할 텐데?"

"아뇨아뇨. 다들 좋은 사람들이에요!"

아코는 황급히 손을 내저으며 말했다.

"루시안과 같이 있을 때는 아무도 방해하지 않고, 전혀 곤란하지 않아요."

"그건 오히려 식겁할 일이 아닐까……."

아코와 내가 함께 있으면 어째서인지 아무도 말을 걸지 않으니까.

멀리서 빤히 바라보는 느낌은 들지만.

"그럼 아무 문제도 없어?"

"네. 놀랍긴 하지만, 지금 반에서는 그렇게 붕 뜨지 않은 기분이 들어요."

"세가와랑 아키야마가 같이 있으니까."

"그러니까요."

모두의 애완동물 같은 위치로 그럭저럭 녹아들었다고 생각한다.

어쩌면 나보다 더 녹아든 것 아닐까.

"반에 친한 친구가 있고, 위치도 잡히고…… 작년의 제가 봤다면「뭐야, 저 리얼충. 죽으면 좋을 텐데!」라는 느낌일 거예요."

완전히 진심어린 톤이었는데, 자기를 상대로 거기까지 말할 필요는 없지 않을까.

"듣기만 하면 좋은 일이라고 생각하는데, 뭐가 곤란한 거야?"

"왠지 이런…… 남하고 친하게 지내는 자신이 확 다가오지 않는 듯한…… 리얼충 같은 상황에 진정이 안 되는…… 그런 느낌이 들어요."

“리얼충이 돼서 진정이 안 된다니, 아코 마음속의 아코는 대체 어떤 이미지인데?”

“교실에 들어가면 다들 소곤소곤하고, 자는 척을 하면 킥킥 웃고, 수업 중에 지목당하면 히죽히죽 비웃는 느낌의 포지션이요.”

“너무 리얼하니까 그만둬!”

옛날에는 그랬던 거냐?! 가슴 아프잖아.

“교실에 들어가면 다들 웃으며 인사해주고, 자는 척을 하면 다들 쓰다듬어주고, 수업 중에 지목당하면 다들 작은 목소리로 응원을 받는 저라니, 이건 이미 제가 아닌 게 아닐까……라는 생각이 든다니까요.”

“아코의 어둠이 너무 깊어서 무서워.”

“어둠의 깊이에는 자신 있어요.”

“빛을 향해 가줬으면 좋겠어.”

눈에 닿는 곳에서 살아가자고.

“애초에 리얼충은 뭘 해야 하는 건가요? 어떻게 뭘 이야기해야 좋을지 모르겠어요.”

“『맞아. 그거 잘 알아!』 라고 말하면 되지 않을까?”

“틀에 박힌 리얼충이네요!”

“익숙하지 않을 때는 정석대로 가자고. 틀리지는 않을 테니까.”

이러니저러니 해도 정석대로 가면 편하니까.

“게다가 말이지, 서브캐도 계속 하는 사이에 익숙해지면 그게 자신이 될지도 모르잖아?”

“그럴까요?”

아코는 으~음 하고 복잡한 표정을 지으며 고개를 갸웃했다.

“나는 친구가 많고 현실이건 게임이건 충실하게 보내는 평범한 여자아이가 좋은데.”

“우우우……, 루시안이 그렇게 말한다면 노력할게요.”

“노력할 것까지는 없지만, 즐기자고. 리얼충 같은 아코를.”

첫 경험이라면 해보더라도 손해는 아니라고 생각한다. 왜냐하면 외톨이로는 바로 돌아갈 수 있으니까.

내가 그렇게 말하자 아코는 먼 곳으로 시선을 돌리며 중얼거렸다.

“리얼충인 저는, 과연 저인 걸까요…….”

“왜 그렇게 어려운 소리를 하는데……. 어떻게 되건 아코는 아코라고.”

“그러네요. 현실이 어떻게 되더라도, 루시안과는 부부니까 저인 거고요.”

“현실에서는 부부가 아니지만.”

“웃으며 수긍해야 하는 것 아닌가요?!”

그 정도로 나를 유도하려고 하다니, 아직 어설프다니까.

당연한 듯이 맞잡은 손을 당기며, 우리들은 천천히 집으로 향했다.

2장

"【구함】캐릭터 설정."

And you thought there is Never a girl online?

오늘은 여동생에게 붙잡혀서 저녁식사를 마친 후에도 일찍 방으로 돌아오지 못했다.

늦었다고 생각하며 로그인하자 다들 먼저 들어와 있었다. 나 때문에 기다린 건가.

◆루시안' : 미안, 늦었나?

◆☆아코☆ : 지금 막 왔어요~.

◆†애플리코트† : 음. 아직 움직이지도 않았다.

아코와 마스터가 대답했다. 그리고 슈는—.

◆슈 : 【구함】캐릭터 설정.

◆루시안' : 아직도 못 정한 거냐.

◆슈 : 그렇다니까.

그런 건 아무래도 좋다고 말하고 싶지만, 슈에게는 중요한 거겠지.

진심으로 고민하는 모양이다.

◆슈 : 어떻게 할까. 꽤 귀여운 아이인데…….

세가와가 만든 것은 금발에 트윈테일 캐릭터였다. 공식 일러스트에서 쓰이기 때문인지 꽤나 눈길을 끄는 캐릭터 디자인이다.

◆루시안' : 왠지 캐릭터 너머의 실제 인물을 닮았는데? 그냥 평소대로 하면 되지 않을까?

◆슈 : 그래서는 재미없잖아!

에잇, 귀찮은 녀석이네.

어쩔까 싶어서 아코를 보자, 그녀는 슈를 콕콕 찌르며 입을 열었다.

◆☆아코☆ : 이 아이가 슈보다 귀엽네요.

◆루시안' : 몇 안 되는 친구에게 태연하게 싸움을 걸지 말라고!

세가와도 화낼 때는 화낸다고?!

◆슈 : 저기 있지, 내가 2차원의 아이보다 귀여울 리가 없잖아.

◆루시안' : 그, 그래?

슈는 전혀 개의치 않는 낌새였다.

2차원에게 이길 리가 없다고 단언하는 모습에서 어둠이 살짝 엿보였다.

◆슈 : 하지만 나보다 귀엽다, 라…… 그래. 정했어!

어라? 뭔가 납득한 것 같다.

◆슈 : 나는 파티의 아이돌, 슈야! 앞으로 잘 부탁해♪

◆루시안' : 뭔 소리야?!

진짜로 뭔 소린데?!

◆루시안' : 그 말투는 뭐야?!

◆슈 : 평소에는 새침하니까, 이 아이는 귀여운 계열로, 파티의 히로인이라는 설정으로 가볼까 싶어서♪

◆†애플리코트† : 뭐……라고……?

◆슈 : 잠깐, 반응이 이상한데? 귀여운 나를 환영해달라고.

퉁명스럽게 대하면서도 말을 나눠보면 좋은 녀석이라는 슈에게 익숙해졌는데, 갑자기 귀여운 캐릭터가 되면 혼란스럽다고?!

◆슈 : 지금까지는 천진무구한 공주 캐릭터인 아코가 있었지만, 이번에는 메인 탱커잖아? 그러니까 이 파티의 공주는 바로 나야! 이 아이라면 귀엽기도 하고, 딱 어울리잖아☆

◆☆아코☆ : 슈가 공주인 거네요.

◆†애플리코트† : 슈바인 공주인가…….

슈바인 공주라…….

어라? 하지만 슈바인은 돼지니까, 슈바인 공주란 즉…….

◆루시안' : 파티의 아이돌, 성천사·돼지공주냐?!

◆슈 : 누가 돼지공주야?!

◆☆아코☆ : 그렇군요. 고양이공주 씨 리스펙트라는 건가요!

◆†애플리코트† : 그렇다면 돼지공주 친위대를 설립할까.

◆슈 : (`·ω·´) 오호~옷!

아앗! 돼지공주님이 화났다!

◆슈 : 이런 귀여운 아이가 돼지일 리가 없잖아!

◆†애플리코트† : 슈바인, 캐릭터가 돌아왔다.

◆슈 : 어머, 싫다♥ 다들 쑥스러워 하기는~♪

◆루시안' : 다시 돌아가 버렸네.

◆☆아코☆ : 이제 내버려둬요.

아코가 체념하다니 이것도 꽤 대단하군.

◆†애플리코트† : 그럼, 앞으로 어떻게 할까?

◆슈 : 수도로 가서, 모두 함께 파워 레벨링하자☆

◆☆아코☆ : 어떻게 가나요?

문제는 그거다.

근처 마을까지라면 어찌어찌 가능하지만, 이 세계의 중심에 있는 제도 로드스톤까지 가려면 덮쳐오는 선공형 몬스터를 피해서 지나갈 필요가 있다.

◆루시안' : 확실히 레벨 1뿐인 4인 파티로는 무리긴 해.

내가 그렇게 말한 직후, 광역 채팅으로 로그가 흘렀다.

◆린피스 : 모두 함께 수도까지 걸어가지 않겠습니까~.

◆위마 : 선공형 몬스터, 모두 함께 걸어가면 무섭지 않아요.

◆루인 : 인솔자도 모집합니다~.

◆린피스 : 칸토르→가이오니스→로드스톤까지 갑니다. 참가자는 문에서 집합~.

◆루인 : 소생, 어그로 스킬 가져와 주세요~.

◆아쿠리 : 시간 없는 분, 로드스톤까지 게이트 엽니다. 크리 앞까지 오세요.

◆딸기모찌 : 텔포젬에는 한도가 있습니다. 걸어갈 수 있는

분들은 걸어갑시다~.

이거 봐. 코어 타임이 되니까 원정 나갈 사람 모집이 시작됐잖아.

동결되지 않은 캐릭터로 초기 캐릭터들을 인솔하려는 여행이 기획되고 있는 것이다.

◆루시안' : 저런 거에 참가해서, 집단으로 이동하면 어찌어찌 되겠네.

◆☆아코☆ : 그렇군요!

◆슈 : 왠지 그리운 느낌이 들어서 근사하네♪

◆†애플리코트† : 게임을 처음 시작했을 때가 떠오르는군.

그러게. 처음 시작할 때에도 전송 해방을 위해 초기 캐릭터로 원정을 나가는 기획이 정기적으로 있었지.

게임이 오래되면서 신규 유저도 줄어들고, 포탈 게이트로 이동하면 되니까 그런 것들도 줄어들었지만.

◆슈 : 게이트를 열어주면 좋을 텐데☆

◆루시안' : 채팅창에도 떴지만, 텔포젬도 무한하지 않으니 말이지.

항상 아코가 해주던 포탈 게이트 스킬은 등록한 곳으로 이어지는 게이트를 여는 스킬이다.

이런 상황이라면 매우 편리하지만, 쓸 때마다 촉매 아이템이 필요하다. 대량의 신 캐릭터를 전송한다면 순식간에 동이 날 거다.

◆†애플리코트† : 좋아. 바로 원정에 참가하도록 할까.

◆루시안' : 하지만 이동하기 전에 최소한의 장비 정도는 갖춰놔야지.

◆☆아코☆ : 옷하고 나이프 말고는 아무것도 장비하지 않고 있잖아요.

◆슈 : 그거라면, 귀여운 나한테 초기장비를 준 상냥한 사람이 있었어♪

정보는 고맙지만, 돼지공주 슈가 말을 할 때마다 깜짝 놀란다니까.

슈가 말한 곳으로 가보니, 인파 속에서 장비를 던지는 사람이 있었다.

레벨 100을 넘지 않은 생산 플레이어 생존자가 초기 장비를 뿌려주고 있었다.

◆고양이공주 공방 : 검, 활, 창, 지팡이, 초기 장비 배포합니다~.

◆루시안' : 고맙구려, 고맙구려.

◆☆아코☆ : 감사합니다.

◆고양이공주 공방 : 괜찮다아이가.

완전 어디서 많이 본 이름이지만, 신경 쓰지 않고 감사히 받겠습니다.

이걸로 장비도 갖춰졌나?

◆☆아코☆ : 일단은 방패도 갖고 싶은데요.

◆루시안' : 아코가 메인 탱커니까. 레벨 1짜리 방패라도 괜찮다면 사 갈까?

◆☆아코☆ : 하지만 돈이 별로…….

우리한테는 세테 씨한테서 받은 용돈 정도밖에 없으니까…….

◆축하 : DI10, 대리 구매합니다. 무기점 앞에서~.

◆루시안' : 오, 대리 구매가 있네.

◆☆아코☆ : 저건 뭔가요?

◆루시안' : 상인 직업 중에는 아이템을 싸게 사는 스킬이 있거든. 그래서 대신 아이템을 사주는 사람이야.

디스카운트 아이템이라는 스킬을 레벨 10까지 올리면 구매할 아이템의 가격이 싸진다.

돈을 건네주고 대신 사달라고 하는 거지.

◆슈 : 그런 게 있었어?

◆루시안' : 옛날에는 그렇게 장비를 모았었는데?

◆슈 : 경매장에서 사면 되잖아.

◆루시안' : 지금이야 그렇지만! 옛날에는 경매장이 없었다고!

◆슈 : 늙다리 티내기는.

◆루시안' : 야, 제대로 연기하라고.

◆슈 : 그런 시대도 있었구나☆ 난 어리니까 몰랐어~♪

◆루시안' : 뭐야, 이거. 짜증나네.

어느 쪽이든 바보 취급하는 기분밖에 들지 않잖아!

◆루시안' : 그럼 저 사람한테 부탁해서 대신해서 방패를 사달라고 하자.

◆☆아코☆ : 저, 저기, 레벨 1이 장비할 수 있는 방패를 갖고 싶은데요.

◆축하 : 예입~. 우드 실드, D100이니까 딱 1k네.

◆☆아코☆ : 여기요.

아코가 상인에게 거래를 걸었다.

◆☆아코☆ : 우왓!

그런데 갑자기 당황했다.

◆루시안' : 왜 그래?

◆☆아코☆ : 포션을 왕창 받았어요!

어? 그런 건 안 샀잖아?

◆축하 : 빨포는 덤이야.

◆루시안' : 어딜 봐도 포션이 더 비싸잖아요?!

◆축하 : 렙업 열심히 하라고~.

우와, 웃으면서 깔끔하게 흘려버렸네.

◆☆아코☆ : 가, 감사합니다!

◆루시안' : 곤란할 때는 사람의 온정이 와 닿는다니까.

◆☆아코☆ : 여러 사람들이 도와주네요.

◆루시안' : 현실보다 따스한 공간이네.

둘이서 찡한 감동에 젖었다.

◆슈 : 거기 두 사람! 원정 출발한다구~♪

◆루시안' : 지금 갈게!

운영진이 쓸데없는 짓을 하지 않았다면 이렇게 고생할 필요 없이 지나갔을 테지만 말이지!

문에는 이미 30명 정도의 초보자가 모여 있었다.

초기 직업이 바글바글 모여 있는 모습을 보니 왠지 장관이었다.

◆린피스 : 그럼 출발합니다! 다들 떨어지지 않도록 조심하세요~.

◆루인 : 비선공형은 건들지 마세요.

◆아쿠리 : 죽으면 소생시켜드릴 테니까, 감정표현으로 손을 들어주세요.

선배 플레이어들이 초보 군단에게 지시를 날렸다.

하지만 초보 군단은 원래 전원 레벨 100을 넘는 메인 캐릭터를 가졌을 테니, 인솔하는 쪽의 레벨이 더 낮을지도 모른다는 것이 재미있었다.

◆린피스 : 출발합니다~.

방패를 든 여자 캐릭터가 선두에 서서 다음 마을로 출발했다.

다들 왁자지껄 떠들면서 고레벨 플레이어가 적을 쓰러트리는 모습을 지켜봤다.

아, 쓸데없이 건드린 초보자가 한 명 죽었다.

◆세테 : 다들 이런 곳에 있었네!

◆☆아코☆ : 세테 씨. 안녕하세요.

◆세테 : 로그인했더니 다들 없어서 찾아다녔어.

그렇구나. 길드는 들어갈 수 없고 친구 리스트도 리셋됐으니 연락을 취하는 게 큰일이군.

◆루인 : 뒤쪽에 적이 나타났어!

이런, 새로운 적이 나왔다. 도망쳐야지.

◆루시안' : 떨어져~!

◆세테 : 괜찮아. 나한테 맡겨!

상급자 포지션인 게 기쁜 건지, 세테 씨가 의기양양한 얼굴로 적에게 맞섰다.

◆슈 : 기다려, 세테. 그 아이에게 대미지를 너무 주면 커다란 광역 공격을 한다구☆

◆세테 : 가라~, 무땅!

◆슈 : 저기, 들어줘~♪

투바바바바바바박!

◆루시안' : 우와아아아아악!

◆☆아코☆ : 그만둬주세요~!

††† ††† †††

◆슈 : 슈, 걷기 지쳤어♥

◆†애플리코트† : 로드스톤이 이렇게나 멀었단 말인가…….

두세 번 죽음을 거쳐서 무사히— 무사히? 제도 로드스톤에 도착했다.

보통은 전송을 하니까 10초 만에 도착하는데, 먼 길을 돌아서 걸어오니까 한 시간이나 걸렸다.

◆☆아코☆ : 걸으니까 머네요~.

◆루시안' : 이동속도를 올리는 장비나 버프도 전혀 없었으니까~.

◆세테 : 그럼 나는 끌 테니까, 다들 힘내~.

◆슈 : 고마워, 세테♪

◆☆아코☆ : 고마웠어요~.

세테 씨가 평소보다 빨리 게임을 꺼버렸다. 슈의 아이돌 캐릭터에 전혀 반응이 없었는데, 어디 피곤하기라도 한가? 괜찮나?

◆†애플리코트† : 으음, 마을의 모습도 꽤나 변했군.

◆슈 : 사람이 적네. 이래선 라이브도 할 수 없어~♪

◆루시안' : 돼지공주☆온 스테이지냐.

◆슈 : 미리 말해두는데, 지금의 너라면 가볍게 이길 수 있거든?

◆루시안' : 죄송합니다.

힐러 지망인 초보자는 정말이지 최약의 존재라 제대로 싸울 수가 없다.

그나저나 사람이 적은 건 사실이다. 초기 마을에 사람이 많은 탓인지, 애초에 로그인 인원이 줄어서 그런지는 모르겠지만, 수도인데도 평소보다 인원이 없었다.

그 대신, 신기한 채팅이 흘렀다.

◆여름의 추억 : 레벨 1부터 시작하는 사냥팟 모집합니다!

◆크로커 : 사막팟 탱@1 힐@1 현재 마마마궁단.

평소에는 보이지 않는 저렙팟 모집이나―.

◆뮤뮤 : 아메시스트, 루비, 사파이어 사주세요~.

◆화요일 어떤가요? : 헤어밴드 10k!

레어도가 낮은 아이템 판매도 이루어지고 있었다.

◆슈 : 저런 아이템, 평소에는 안 팔리는 거 아냐?☆

◆루시안' : 전직에 쓰기도 하는데, 평소에는 창고에 남아도니까.

창고를 쓰지 못하니 아이템이 넘쳐서 팔고 있다고 생각한다.

◆루시안' : 인벤토리를 비우고 싶으니까, 남들이 쓸 법한 아이템을 팍팍 파는 거야.

◆슈 : 그렇구나, 역시 루시안이야~☆

◆루시안' : 그만둬, 무섭다.

◆슈 : 왠지 즐거워졌단 말이야!

◆☆아코☆ : 루시안으로 놀지 말아주세요.

즐거워 보이는 슈에게는 미안하지만, 그 캐릭터 설정 전혀 익숙해지지 않는다고.

◆미즈미즈 : 포탈가게 ↑모코모코 →칸토르 ↓라이소드 가격 감사의 마음

오, 포탈가게도 있네.

◆☆아코☆ : 저 사람은 뭐하는 건가요?

◆루시안' : 포탈가게야. 유료로 포탈을 열어서 다른 마을로 전송해주겠다고 하는 거지.

◆☆아코☆ : 하지만 가격은 없고 감사의 마음이라고 되어 있는데요?

◆루시안' : 그냥 봉사활동 같은 거니까.

포탈가게라고는 하지만, 그냥 선의로 도와주는 셈이다.

그런 사람이 마을 이곳저곳에 있어서, 불편한 상태임에도 서로서로 도와주고 있었다.

◆슈 : 이거라면 전직 NPC가 다른 마을에 있더라도 보내 달라고 할 수 있겠네☆

◆루시안' : 안심하고 레벨을 올릴 수 있겠어.

◆†애플리코트† : 그럼 본격적으로 렙업을 시작할까?

◆☆아코☆ : 그러게요. 레벨을 올려서 귀여운 옷을 입어야죠!

과연 탱커에게 귀여운 옷이 있었나.

튼튼한 갑옷은 있지만. 그것도 무지 많이.

◆슈 : 파티의 아이돌, 슈를 지킬 준비는 됐어?☆

◆☆아코☆ : 최소한의 아이템은 샀는데요.

◆루시안' : 리턴크리와 포션 정도가 한계인가~.

◆슈 : 돈이 없으니까. 팔리지 않는 아이돌은 괴롭구나~♥

◆☆아코☆ : 슈의 캐릭터 설정은 팔리지 않는 아이돌로 괜찮은 건가요?

농담은 넘어가고, 창고를 쓸 수 없으니까 아슬아슬한 장비로 출발할 수밖에 없다.

정말로 초보자팟 같은 느낌이다.

◆☆아코☆ : 처음에는 뭘 잡을까요?

◆루시안' : 으음, 이 주변에는 뭐가 있지?

레벨 1이 네 명이라도 안심하고 이길 수 있는 적이 이런 곳에 있을까?

파워 레벨링에 알맞은 적이라면 알고 있지만 말이지.

◆슈 : 아, 프티드래가 있어☆

◆루시안' : 엑?

조금 먼 곳에 서식하는 프티드래가 마을 근처에서 우왕좌왕하고 있었다.

◆슈 : 마침 잘 됐네. 잡아보자♥

◆루시안' : 잠깐잠깐! 레벨차를 생각하라고! 아무리 그래도 무리야!

◆슈 : HP가 5밖에 안 되는걸? 우리라면 식은 죽 먹기야♪

확실히 HP 5의 적이지만! 레벨차가 엄청나잖아!

◆슈 : 다들 가자~! 나를 따라와☆

슈가 부채를 손에 들고 휘둘렀다. 댄서가 주로 쓰는 무기인 쇠살부채(鐵扇)다.

그 부채로 프티드래를 향해 내리치고— 미스!

미스! 미스! 미스!

◆슈 : 어라? 안 맞네?♥

미스도 공격 판정이라 생각한 프티드래가 반격을 시작했다.

아앗! 프티드래의 섬뜩한 입이 슈의 어깨를 덥석!

◆슈 : 꺄아아아앗! 내 슈가~!

◆†애플리코트† : 슈가 즉사했다!

우왓! 파티를 맺고 있으니까 이쪽으로도 오잖아!

◆†애플리코트† : 도망쳐라!

◆☆아코☆ : 제, 제가 지킬게요!

◆루시안' : 안 돼, 아코! 막을 수 있는 상대가 아냐!

가로막으려던 아코와 프티드래 사이에 루시안'이 끼어들었다.

에잇, 이렇게 되면 내가 타깃을 따서— 덥석.

◆루시안' : 즉사네요~.

◆☆아코☆ : 루시안~!

◆†애플리코트† : 큭, 내 화살로—!

마스터의 화살 공격도 전부 멋들어지게 미스만 떴다.

그리고, 그런 짓을 하면 타깃이 옮겨가기 때문에— 덥석.

◆†애플리코트† : 끄어어어어어!

◆☆아코☆ : 모두가~! 어째서 이렇게~!

◆루시안' : 너만이라도 도망쳐! 아코~!

◆☆아코☆ : 죄송해요오오오오오!

아코가 도망쳤다.

의외로 발이 빠른 프티드래에게서 필사적으로 도망쳤지만, 상대가 끈질기게 쫓아왔다.

◆루시안' : 맞다! 아코는 아직 때리지도 않았고 맞지도 않았으니까 비전투 상태잖아! 리턴크리를 써!

◆☆아코☆ : 헉! 그랬었죠, 텔레포~트!

세이브 지점으로 돌아가는 크리스털을 쓴 아코가 그 자리에서 사라졌다.

적이 없어진 프티드래는 느긋하게 자신의 위치로 돌아갔다.

◆슈 : 설마 한 대도 맞추지 못하다니, 예상 밖이었쪄☆

◆루시안' : 밖이었쪄, 좋아하시네.

레벨차를 생각하라고. 명중하지 않는단 말이야.

◆슈 : 그치만 평소 하던 파워 레벨링에서는 맞았었잖아♥

◆루시안' : 그건 주변에서 버프를 주고, 본체에 디버프도 팍팍 걸어서 그런 거야.

게다가 명중률을 올리는 무기도 들고 있었으니까.

애초에 레벨 1로 이길 수 있는 적은 그리 많지 않다고?

◆슈 : 레벨 1이라 경험치도 0이고, 딱히 상관없잖아? 나는 엄청 즐거웠어☆

슈는 명랑하게 웃었다.

귀여운 롤플레잉 탓인지 여느 때 이상으로 뾰족하지 않다. 왠지 누그러들었다.

◆루시안' : 그러게. 꽤 웃었으니까ㅋ

◆슈 : 그럼 돌아가자♪

◆†애플리코트† : 음.

세이브 포인트로 돌아가는 버튼을 눌러서 세이브 지점으로 귀환했다.

온라인 게임은 상시 세이브를 계속 하는 공간이니까 죽었다고 해서 데이터가 수복되지는 않고, 사망 페널티를 짊어지고 세이브 지점으로 돌아가게 된다.

◆루시안' : 어라? 그러고 보니 세이브는 어디에서…….

그렇다. 데이터 자체는 사라지지 않지만, 다시 부활하는 곳은 세이브 지점.

그리고 우리는 수도에 전송등록은 했지만, 세이브 지점을 바꾸지는 않았던 기억이…….

◆☆아코☆ : 어서 오세요~.

◆루시안' : 우와, 역시나~.

곤란한 표정의 아코가 맞이한 곳은 조금 전까지 있던 수도가 아니라, 시골인 초기 마을이었다.

◆슈 : 그리운 경치네♥

◆†애플리코트† : 칸토르로 돌아올 줄이야…… 잊고 있었다.

칸토르 마을은 변함없이 초보자들로 가득했다.

채팅도 왕성하게 와글와글 떠들썩해서, 오히려 수도보다 활기찬 마을로 보였다.

◆†애플리코트† : 렙업을 위해 전송으로 돌아가야 할까?

◆루시안' : 하지만 비싸잖아.

◆†애플리코트† : 그렇지…….

평소에는 돈에 궁하지 않은 마스터가 고작 몇 k에 끙끙대며 고민하고 있었다.

하지만 우리가 갖고 있는 건 세테 씨한테서 조금 받은 용돈뿐이라 낭비를 할 수 없단 말이지.

이 금액으로 어느 정도 벌 수 있는 레벨까지 육성해야 한다.

◆루시안' : 특히 아코는 방패랑 갑옷도 샀으니까. 남은 액수는 5k 정도잖아.

◆☆아코☆ : 남은 돈은 3.8k밖에 없어요~.

◆루시안' : 왜 또 줄어든…… 리본 사지 말라고!

우리가 돌아오는 사이에 샀는지, 아코의 머리에는 쓸데없는 리본이 하늘하늘 흔들리고 있었다.

◆루시안' : 방어력이 변하지 않는 장비는 사지 말라니까! 돈은 중요하다고!

◆☆아코☆ : 적어도, 적어도 이 정도는! 부디!

◆루시안' : 나도 심술을 부리는 게 아니란 말이야. 어차피 방어력을 우선해서 투구를 쓰면 안 보이게 되거든?

◆☆아코☆ : 투구는 쓰고 싶지 않아요~!

◆루시안' : 그럼 머리 장비는 비표시 설정으로—.

◆☆아코☆ : 그러면 리본도 보이지 않게 되잖아요~!

그러니까 그만두라고 했잖아!

◆†애플리코트† : 아무튼 수도 주변의 적은 지금의 우리에게는 버겁다는 걸 알았다. 칸토르 주변에서 느긋하게 레벨을 올리는 게 어떠냐?

◆루시안' : 그러게. 착실하게 나가자. 각 직업의 움직임도 익혀야지.

◆슈 : 아직 아무도 전직하지 않았으니까, 전원 초보이긴 하지만 말이지?

무직밖에 없잖아!

††† ††† †††

강한 적을 쓰러트려서 단숨에 강해지자! 라는 게 무리라는 걸 알게 된 지금…….

◆☆아코☆ : 앞으로 어떻게 레벨을 올리죠?

◆루시안' : 간단한 건 퀘스트로 경험치를 버는 거겠지.

◆☆아코☆ : 퀘스트인가요~.

정해진 NPC에게 말을 걸거나, 퀘스트 아이템을 가져가거나, 지정된 적을 쓰러트려서 경험치나 돈, 아이템을 받을 수 있는 퀘스트는 레벨업의 기본이니까.

파워 레벨링을 할 수 없다면 착실하게 효율 좋은 방법으로 올리는 게 최고다.

◆†애플리코트† : 칸토르는 최초의 마을이다. 초보자용 퀘스트도 다양하지. 퀘스트만으로도 레벨 10까지는 올릴 수 있을 거다.

◆슈 : 아이돌에게는 사전 준비도 중요하다는 거네. 어서 가자.

맵에 있는 퀘스트 표시를 보며 퀘스트를 주는 NPC를 찾아갔다.

오, 마침 길가에 NPC가 있네.

◆스테이시 : 미안한데, 케빈에게 이 포션을 전해주지 않겠어?

◆슈 : 심부름 퀘스트네.

◆☆아코☆ : 케빈이 누구죠?

◆루시안' : 내가 시작할 때는 이런 퀘스트 없었는데.

◆슈 : 맵에 표시되어 있어. 가자♪

맵에 표시된 목적지까지 걸어갔다.

여기다. 아니, 장소는 바로 알아냈는데—.

◆루시안' : 없네.

◆☆아코☆ : 표시는 여기인데요.

아무리 찾아봐도 없다. 케빈 같은 사람은 전혀 보이지 않았다.

◆☆아코☆ : 설마, 이것도 버그인가요?!

◆루시안' : 설마, 이렇게 이곳저곳에 버그가 있을 리가 없잖아.

◆†애플리코트† : 여기 있다!

오, 마스터가 찾은 것 같다.

맵에 뜬 마스터의 위치를 보니 멀잖아! 그런 곳에 있다고?!

◆루시안' : 위치 표시랑 다르잖아!

◆†애플리코트† : 아무래도 업데이트로 위치가 변한 모양이다.

◆슈 : 퀘스트 정보를 고치지 않은 거야~?☆

마스터가 있는 곳으로 가자 확실히 NPC가 있었다.

게다가 엄청 많았다. 엄청난 숫자의 NPC가 한곳에서 우리를 기다리고 있었다.

뭐야, 이거?! 많잖아!

◆루시안' : 대체 NPC가 한곳에 몇 명 있는 거야!

◆†애플리코트† : 심부름이 귀찮다는 의견을 받아들여서 모아놓은 모양이군.

분위기고 뭐고 엉망이잖아!

◆☆아코☆ : 스테이시 씨는 이쪽에도 있는데, 설마 두 명 있는 건가요?!

◆슈 : 아이돌로 생각하면, 다른 채널에 동시에 나오는 거니까 문제없어☆

◆☆아코☆ : 그런 문제인가요?!

어째서인지는 몰라도 다수 존재하는 NPC는 흔하게 있으니까, 신경 쓰지마!

자, 보고하자, 보고~. 오오, 레벨이 올랐다. 역시 퀘스트, 간단하고 빠르네.

◆슈 : 퀘스트가 또 나왔어♥

어디어디, 내용은—.

◆케빈 : 스테이시에게 이 포와링 체액을 전해주지 않겠어?

◆루시안' : 옆! 옆에 있잖아! 바로 옆에!

◆☆아코☆ : 스스로 전해주세요!

◆슈 : 상관없잖아. 이걸로 보수를 받을 수 있으니까♪

◆†애플리코트† : 납득이 안 되는군…….

◆슈 : 분명 슈에게 말을 걸고 싶은 구실이 필요했을 뿐이야, 꺄아♥

그래그래, 귀여워 귀여워. 돼지공주 돼지공주.

느긋하게 하면 시간이 걸리므로, NPC에게 말을 걸어서 퀘스트를 팍팍 진행했다.

오, 아이템 요구 퀘스트가 나왔네.

◆☆아코☆ : 사과를 가져오라는 것 같아요.

◆루시안' : 사과라…… 잡화점에 팔려나?

◆☆아코☆ : 사러 가요.

뚜벅뚜벅 걸어서 잡화점으로 향했다.

넓은 마을이 아니므로 조금만 걸으면 금방 잡화점이다.

이 마을에서 판매를 하는 NPC는 무기방어구점과 잡화점 밖에 없다.

그 잡화점 NPC가 파는 상품을 보니—.

◆☆아코☆ : 어, 어라? 없는데요?

◆슈 : 사과 안 파는데?☆

◆†애플리코트† : 다른 곳에서 파는 것 아닌가?

◆☆아코☆ : 하지만 이 마을에는 다른 가게가 없는데요?

헉!

그래, 떠올랐어!

◆루시안' : 옛날에는 이 마을에, 과일가게가 있었어!

◆☆아코☆ : 과일가게요?

◆루시안' : 그래. 과일가게 NPC가 있었다고. 과일밖에 팔지 않는 수수께끼의 NPC가. 그 밖에도 포션만 파는 사람, 크리스털이나 마법 촉매를 파는 사람, 음식을 파는 사람, 그런 사람들이 전부 따로 있었어.

하지만, 하고 눈앞에 선 잡화점 NPC를 봤다.

◆루시안' : 나중에 잡화점이라는 이름의 사람으로 통합된 거야. 알기 어려우니까.

◆☆아코☆ : 하지만…… 사과, 안 파는데요?

◆루시안' : 통합됐을 때, 필요 없으니까 팔지 않게 된 거겠지.

즉, 이 마을에서 사과는 팔지 않는다.

◆슈 : 슈, 퀘스트 달성 못해?

◆루시안' : 이야~, 곤란하네.

업데이트 이후에도 퀘스트의 내용만큼은 변하지 않아서 난이도가 바뀌는 일, 자주 있긴 하지.

어쩔 수 없다. 이 퀘스트는 포기하자.

◆†애플리코트† : 크, 창고만 열 수 있다면, 안에 있었을 텐데.

◆☆아코☆ : 경매장에서 팔지 않을까요?

◆루시안' : 그렇게까지 해서 퀘스트를 달성할 필요는 없잖아. 포기하자.

내 의견에 마스터와 아코가 고개를 붕붕 내저었다.

◆†애플리코트† : 기왕이면 눈에 보이는 퀘스트는 모두 달성하고 싶지 않나!

◆☆아코☆ : 병든 아이가 사과를 기다리고 있잖아요! 건네주러 가요!

그 고집, 나중에 큰일이니까 그만둬!

심부름퀘를 일단 마치자, 그 다음에 나온 것은 적을 쓰러트리는 퀘스트였다.

◆슈 : 울프 다섯 마리, 레드 울프 세 마리를 쓰러트려라, 라네♪

◆루시안' : 겨우 심부름도 끝인가. 좋아. 잡으러 가자.

◆†애플리코트† : 장소는 동쪽이었나.

파티를 짜고 울프와 레드 울프가 나오는 지점으로 향했다.

이렇게 모두 함께 느긋하게 맵을 걷는 거, 꽤 즐겁네.

방패를 든 아코가 선두고, 내가 최후미를 걷는 것도 신선하다.

자, 대충 기억이 나는 곳까지 왔는데, 여기서는 잘 모르겠다.

◆루시안' : 울프는 보통 잡지 않으니까, 나오는 위치가 기억이 잘 안 나네.

◆†애플리코트† : 으음, 나도 기억은 나지 않는다만.

그때 마스터의 채팅이 멈췄다.

그 시선 끝을 본 슈가 커다란 땀방울을 흘리며 말했다.

◆슈 : 걱정할 필요는…… 없지 않을까?☆

◆☆아코☆ : 사람이 엄청 많아요!

정말이다. 엄청난 숫자의 사람들이 한 곳에 모여 있다. 게다가 스킬 이펙트가 번쩍번쩍 빛나고 있잖아. 서, 설마, 저기서 울프가 나오는 건가?

◆슈 : 다들 나를 위해 모여 줘서 고마워♪

◆루시안' : 그건 공개 채팅창에서 말하라고.

◆슈 : 아무리 나라도 못하는 게 있다고.

공주님 캐릭터 슈에게도 부끄러움은 있는 모양이다.

그쪽으로 다가가자, 역시 전원이 울프를 잡고 있는 것 같았다.

그럼 여기서 대기인가. 대기해야 하나.

◆†애플리코트† : 그렇군. 모두가 동시에 레벨을 올리는 이상, 같은 퀘스트를 하게 되는 건가.

◆☆아코☆ : 제대로 클리어할 수 있을까요?

◆루시안' : 어떻게든 되겠지, 잡자.

모두 함께 적이 나오는 포인트 주변으로 이동했다.

잠시 기다리자 내 옆에서 울프가 나왔다.

좋아, 이걸로 한 마리— 푸욱!

◆루시안' : 에에에에엑?!

멀리서 날아온 화살이 푸욱 꽂혀서 퍼스트 어택을 뺏겼다!

울프는 화살을 쏜 플레이어 쪽으로 달려갔지만, 주변에서 가하는 무차별 공격을 받고 곧바로 쓰러졌다.

◆☆아코☆ : 아앗, 제 울프 씨가!

◆슈 : 새치기는 멋없거든?☆

아코와 슈 옆에서 나온 울프도 마법이나 화살, 스킬 등의 원거리 공격으로 퍼스트 어택을 빼앗겨서 그대로 쓰러졌다.

이런 심한 짓을—!

◆루시안' : 이쪽은 아직 스킬도 제대로 없는 초보자인데!

◆☆아코☆ : 원거리 공격이 없어서 바로 옆에 있는 적도 빼앗겨버려요!

인정사정없는 몹 쟁탈전 앞에서, 우리 근거리 세력은 대패배를 하고 있었다.

그치만 한 걸음 내딛는 사이에 화살이, 마법이, 스킬이 날아온다고! 못 이긴다니까!

◆†애플리코트† : 좋다. 너희들이 그럴 셈이라면, 나도 용서하지 않겠다. 범위 안에 나오는 모든 울프의 FA를 따주마!

그때 당돌하게 등장한 이가 바로 우리의 믿음직한 마스터였다.

◆슈 : 마스터 멋있어♥

◆루시안' : 잘 한다~!

◆†애플리코트† : 핫핫핫핫핫!

마스터가 휙휙 화살을 날렸다.

역시 원거리 물리 공격! 마법 영창, 스킬 이펙트보다 훨씬 빠르다!

팍팍 적에게 꽂혀서 퀘스트가 점점 진행됐다.

◆루시안' : 좋았어. 퀘스트 끝났다!

◆☆아코☆ : 고맙습니다. 마스터.

◆†애플리코트† : 이 아처 지망 초보 모험가, 애플리코트에게 맡겨두도록 해라!

마스터는 의기양양하게 계속해서 울프의 퍼스트 어택을 땄다.

퀘스트는 이제 끝났으니까 필요 없는데.

오, 울프를 엄청 잡아서 그런지 울프 리더가 나왔다. 이건 지금 레벨로는 잡을 수 없어서 그런지 주변 사람들은 아무도 손을 대지 않고 지켜보— 푸욱!

◆루시안' : 앗!

◆☆아코☆ : 아앗!

◆슈 : 어멋♪

◆†애플리코트† : 헉!

마스터가 울프 리더에게 화살을! 게다가 이럴 때에 한해서 정확하게 맞기는!

◆☆아코☆ : 여기로 와요! 엄청난 기세로 달려오고 있어요!

◆슈 : 도망쳐도망쳐도망쳐~☆

◆루시안' : 마스터가 무차별로 공격하니까 그렇잖아!

◆†애플리코트† : 미안하다, 미안하다!

아아, 지쳤다. 다음에는 편한 퀘가 좋겠어.

◆루시안' : 자, 다음 퀘는 뭐지?

◆슈 : 다음에는 드물게 나오는 몹한테서 아이템을 가져와라, 라는데☆

◆☆아코☆ : 분명 쟁탈전이 벌어질 거예요오오오오오.

◆†애플리코트† : 그럼 이쪽의, 마을 다섯 개 너머의 오두막까지 아이템을 전해달라는—.

◆루시안' : 심부름은 싫어어어어어어!

††† ††† †††

몇 시간 뒤.

◆루시안' : 아무튼 레벨 10까지는 됐네…….

◆☆아코☆ : 이제 퀘스트는 지쳤어요~.

사람들로 미어터지는 상태에서 퀘스트를 하는 건 꽤나 큰 일이었다.

보통이었다면 바로 끝났을 레벨 10까지 올리는 데 하룻밤이 걸렸다.

◆†애플리코트† : 으으음, 퀘스트 온라인도, 오토 어택 온라인에도 질렸다. 빨리 스킬을 쓰고 싶다만.

◆루시안' : 전직할 수 있는 레벨이 됐으니까 내일은 전직하자고.

◆슈 : 그럼 좀 더 즐거워지겠네☆

◆루시안' : 아아, 정말~! 그 캐릭터 적응이 안 된다고!

◆☆아코☆ : 진정이 안 돼요!

◆슈 : ㅋㅋㅋ

이 녀석은 충분히 즐기고 있네. 나 참—.

◆슈 : 그럼 잘게~.

◆루시안' : 수고.

◆†애플리코트† : 나도 아처 스킬을 시뮬레이트하며 자기로 하마.

◆루시안' : 수고수고.

◆☆아코☆ : 수고하셨어요~.

두 사람 모두 퐁 하고 사라졌다.

남은 건 나와 아코. 심야까지 남아있는 2인조다.

이대로 잘까, 어쩔까.

피로시키로 자금을 벌어서, 모두의 장비를 모을까?

◆☆아코☆ : 루시아~안, 오랜만에 둘만 있게 됐네요!

아코가 기쁜 듯이 말했다.

말하긴 했지만, 어째서인지 옆으로 다가오지 않고 으으음 하고 고개를 갸웃했다.

◆☆아코☆ : ……뭔가 아닌 것 같아요!

◆루시안' : 아직 ☆아코☆에게 익숙하지 않아?

◆☆아코☆ : 그런 느낌이에요.

◆루시안' : 탱커로서 파티의 선두에서 걷고 있잖아. 즐겁지 않았어?

◆☆아코☆ : 아뇨, 즐거웠어요. 제가 선두라니 신선해서요!

◆☆아코☆ : 하지만, 네…… 즐겁긴 했지만…….

아무래도 납득이 가지 않는 모양이다.

◆루시안' : 역시 아코는 아코인가.

◆☆아코☆ : 그렇다니까요. 저는 아코가 아니면 안 돼요.

◆루시안' : 하지만 동결됐으니까, 한동안은 그 아이에 맞춰 가자고.

◆☆아코☆ : 제가 제가 아니라니, 침울해지네요.

아코가 아코가 아니다, 라…….

그 말을 듣고 문득 떠올랐다.

◆루시안' : 그럼 지금 우리는 부부가 아니네. 서로 결혼하지 않은 캐릭터니까.

◆☆아코☆ : 앗!

아코가 깜짝 놀라 굳어졌다.

◆☆아코☆ : 확실히 반지도 없어요!

◆루시안' : 그치? 결혼한 캐릭터가 동결된 이상, 우리의 결혼도 동결인가?

조금 놀릴 셈으로 말해봤다.

현실과 게임은 달라요! 라고 말해준다면 기쁠 텐데.

◆☆아코☆ : …….

아코는 잠시 침묵한 뒤—.

◆☆아코☆ : 뭐, 사소한 건 상관없잖아요!

◆루시안' : 그렇게 억지를 부려서 얼버무리려고?!

◆☆아코☆ : 그치만~!

아코는 양손을 위아래로 붕붕 휘두르며 말했다.

◆☆아코☆ : 동결됐다고 해도, 결혼 사실이 없어지는 건 아니잖아요! 그럼 큰 문제는 없어요! 어, 없을 거예요…… 그렇죠?

◆루시안' : 그렇긴 하지.

나도 별것 아니라고 생각하기는 하니까.

◆루시안' : 근데 이 문제로 동요하지 않을 줄이야. 너 정말로 아코야?

◆☆아코☆ : 가짜예요. ☆아코☆니까요.

진짜는 전자의 바닷속에 얼어붙었으니까.

아, 그래. 동결도 괜찮을지도……?

◆루시안' : 그럼 어차피 동결된 거, 잠시 결혼하지 않은 척을 해볼까?

◆☆아코☆ : 네?

의아해하는 아코에게 다시 한 번 말했다.

◆루시안' : 내일 하루, 결혼하지 않은 느낌으로 보내볼까 해서.

◆☆아코☆ : 결혼하지 않은 느낌……이요?

◆루시안' : 응응.

아코의 논리대로라면 결혼하지 않았으니까 괜찮을 거라 생각하는데.

◆☆아코☆ : 부부가 아니라는 건, 그냥 남처럼 보내자는 건가요?

◆루시안' : 그게 아니라, 굉장히 친한 친구 정도의 거리감 말이야. 타마키, 니시무라, 같은 느낌으로.

연인처럼, 이라는 소리는 굳이 하지 않았다. 말하고 싶지만 말하지 않았다.

왜냐하면 이 녀석, 그 말을 했다가는 분명히 부정할 테니까.

◆루시안' : 처음 만났을 때부터 줄곧 아코라고 불렀잖아? 근데 지금은 다른 캐릭터를 하고 있으니까, 가끔은 다른 느

낌도 괜찮지 않을까 싶어서.

◆☆아코☆ : 니시무라…… 옛날이 떠올라서 조금 신선한 느낌이 드네요!

성으로 부르는 게 신선하다니 대체 무슨 관계인 걸까.

그저 조금, 친구 기분, 친구 이상 연인 미만 기분이라는 걸 맛보고 싶을 뿐인데.

◆☆아코☆ : 그래도 쓸쓸해지면 바로 돌아갈 거죠?

◆루시안' : 그래그래.

나와 아코 사이니까, 어차피 10분도 못 버티고 그만두겠지.

◆☆아코☆ : 그럼 루시안 씨, 내일 또 봐요~.

◆루시안' : 아코 씨, 내일 또 보자~.

팔랑팔랑 손을 흔들며 아코와 헤어졌다.

내일은 틀리지 말고 타마키라고 불러야겠다.

이런 약간의 장난기가 설마 그런 일로 발전하다니, 생각지도 못했다.

아니, 진짜로, 정말 생각도 못했다니까?

††† ††† †††

다음날. 평소처럼 등교해서 교실로 들어왔다.

자리에 짐을 놓고, 조금 떨어진 곳에 모여 있는 여자 그룹 쪽으로 시선을 돌렸다.

아직 아코는 오지 않은 것 같다.

"……."

"…………."

세가와와 아키야마가 슬쩍 이쪽에 시선을 보냈다.

두 사람과 눈이 마주치자 안녕, 하고 말없이 인사를 했다.

그냥 입으로 꺼내서 인사해도 되겠지만, 머니까 말이지.

어라? 하지만 어제도…… 그보다 요즘에는 두 사람과 아침부터 이야기를 하지 않는 느낌이…….

아니, 오히려 반에서는 전혀 이야기하지 않나?

어째서일까. 새 학기가 시작된 초기에는 그럭저럭 이야기를 했었는데…….

"좋은 아침이에요. 니시무라."

그런 생각을 하던 중, 마침 아코가 등교했다.

바로 결혼 동결 상태의 인사다. 우와, 오랜만이네. 아코가 니시무라라고 부르는 거.

"좋은 아침. 타마키."

"네."

내가 말하고도 위화감이 있네. 아코의 성.

그보다 아코는『니시무라』라고 부르면 바로 결혼으로 생각하니까.

"……."

"……저기, 타마키?"

"네? 네. 왜 그러시나요?"

"……아니, 아무것도 아냐."

"그런가요."

뭐야, 이 차가운 분위기!

하지만 뭘 이야기해야 좋을지 잘 모르겠어!

'친구끼리는 무슨 대화를 하는 거였더라?'

시선으로 물어보자, 아코도 떨더름한 표정을 지었다.

'제가 알 리가 없잖아요~.'

'하긴.'

이건 글렀다. 시선과 표정, 분위기로 대화하는 쪽이 편할 정도다.

"……."

"…………."

우리 모두 복잡한 표정으로 서로를 바라봤다.

다른 사람이 보면 서로 노려보는 것처럼 보일지도 모르겠다.

응. 역시 이건 그만둘까…….

그렇게 말하려던 그때—.

"역시 알아줬구나! 타마키!"

옆에서 튀어나온 여자아이가 아코의 어깨를 꽉 안았다.

"어, 아…… 네. 정말 그거라니까요!"

아, 아코가 틀에 박힌 대답을 했다.

그 아이는 아코의 대답을 듣고 좋아하며 끄덕인 뒤, 표정을 확 바꿔서 나를 노려봤다.

"역시 남자는 망할 놈들이라니까?"

"그렇죠? 잘 안다니까요!"

아코가 또다시 대충대충 동의했는데…… 저기, 맥락도 없이 망할 놈 취급을 받다니, 어떻게 된 거죠…….

확실히 오타쿠는 망할 놈 취급을 받기도 하지만, 지금 이 자리에서 내가 뭘 했다는 건데?

"……응? 네? 잠자코 듣고 있었는데, 제 루시안이 뭐라고요?"

아앗! 게다가 나를 망할 놈이라 불러서 아코가 조용히 폭발했어!

그만둬! 나 같은 녀석을 위해 소중한 친구를 잃지 말라고!

"아앙? 누가 망할 놈이야? 누가?!"

"우왓?!"

깜짝 놀랐네!

어째서인지 반 남자애들이 반대쪽에서 내 어깨를 잡았다.

"제3세력이라고 생각했는데, 너도 겨우 알아준 거구나!"

"여자 따위는 쓰레기라니까, 쓰레기."

"뭐? 오물 주제에 떠들지 마시지?"

"그쪽이나 닥치시지. 말하는 쓰레기 주제에."

"맞아 맞아. 나한테 반하지 않는 여자는 전부 망해버리라고!"

"……그건 조금 사적인 원한이 들어있지 않아?"

나랑 아코를 무시하고 남자와 여자가 싸우기 시작했다!

어떻게 된 거야?! 사정을 전혀 모르겠는데?!

"야, 무슨 소리야?!"

"그야 너도 우리의 동료가 되었다는 소리지!"

"자, 니시무라. 그런 곳에 있으면 여자 냄새가 옮는다고."

"타마키. 저쪽은 땀 냄새 나니까 이쪽으로, 이쪽."

서로 각자 질질 끌려가서 나와 아코가 떨어지고 말았다.

"동료?! 뭐야, 그게?!"

"그치만 헤어졌잖아?"

"싸운 거잖아? 알지, 알고말고. 어차피 여자의 히스테리잖아?"

"에에에에에에에엑?! 아니, 아냐아냐. 조금 싸운 척을—!"

내가 황급히 말하자 아코도 그에 맞췄다.

"맞아요! 그저 루시안하고 부부싸움 플레이를 해보려고!"

"부부가 아니라고 했잖아!"

"이럴 때까지 거기에 집착하지 않아도 되잖아요!"

"거봐, 역시 싸우고 있잖아."

아아아아앗! 아냐, 아니라고! 지금 이건 평소의 흐름일 뿐이라니까!

저항도 허망하게 나는 창가로 끌려갔다. 반대로 아코는 복도 쪽으로 끌려갔다.

그러고 보니, 창가에 남자, 복도에 여자— 꽤나 거리를 벌리고 모여 있다 싶긴 했는데…….

잘 보니 완전히 분리돼서 보이지 않는 벽처럼 나뉘어 있었다.

이거 진짜로 무슨 일이 벌어진 거야……. 누가 좀 가르쳐줘!

반의 내부 사정이라면 전부 알고 있을, 멀리 있는 아키야마에게 시선을 보내자—.

"……."

믿음직한 우리의 세테 씨는, 이제 다 틀렸다는 표정으로 머리를 감싸 쥐고 있었다.

††† ††† †††

결국 남자 그룹에 계속 끌려들어가서 아코나 세가와 쪽하고는 전혀 대화를 못한 채 방과 후를 맞이했다.

"설명을 부탁드립니다. 반장."

"알겠습니다."

겨우 한숨 돌린 부실에서 반장인 아키야마에게 설명을 부탁했다.

"실은 말이지, 그게…… 말하기 힘든데……."

뭐든지 시원하게 말하는 그녀치고는 드물게도, 정말로 떨떠름한 표정이었다.

"모두 함께 부원 모집을 하는 사이에 반에서 이런저런 일이 있어서……. 조금, 냉전 상태가 됐어."

"냉전이라니…… 누가 말인가요?"

"남자랑 여자가."

"우리 반에서?"

"그렇다니까!"

…….

문득 옆자리에 있는 아코에게 시선을 돌리자—.

"……."

전혀 몰랐어요, 라는 표정을 지었다.

그렇지. 몰랐겠지.

아니, 그보다—.

"……그런 일이 일어났었어?!"

"전혀 몰랐어요!"

"실은, 그렇게 됐어."

같은 반인 세가와도 쓴웃음을 지으며 말했다.

"뭐, 처음부터 이야기하자면, 자키랑 카오의 싸움이 문제였어."

어디서 들어본 적 있는 이름이로군.

"아, 어……, 확실히 타카사키하고……."

"카오리야."

타카사키랑 무슨무슨 카오리라……. 사귀다가 헤어졌다느니 하는 이야기를 전에 들은 적이 있다.

"그 두 사람이 참 귀찮게, 몇 번이고 사귀었다가 헤어졌다가, 싸웠다가 화해하기를 반복하고 있었는데…… 얼마 전에

드디어 엄청 크게 틀어져버렸어. 정말 크게 싸웠다니까."

"네……."

아코는 세가와의 말에 전혀 흥미가 없어 보이는 얼굴이었다.

"그래서, 어떻게 좀 해보려고 반 그룹 채팅에서 상담을 했었어."

자칫하면 쓸데없는 참견이 될 것 같은 마음씀씀이로군.

"저기~."

아코가 저요, 저요, 하고 손을 들었다.

"그 그룹 채팅이라는 거, 저는 모르는데요!"

"나도 들어가지 않았는데?"

"그래서, 상담했는데—."

세가와한테 노 타임으로 무시당했다!

"그때, 남자들은 카오가 잘못했다고 하고, 우리는 자키가 잘못했다고 해서, 완전히 의견이 갈라져버렸어. 그러다보니 상관없는 사람들끼리 싸우기 시작해서 말이지. 다들 불같이 화를 내서, 이제 막을 수 없는 느낌이 돼버린 거야."

"흐응……."

"게다가 새 학기에는 마음대로 자리에 앉을 수 있으니까, 반에서는 남녀 자리가 갈라지잖아? 그렇게 완전히 교류가 끊겨버려서……."

"그때부터 반에서 남자와 여자는 단절 상태야."

남자도 여자도, 뭉치면 분위기를 타니까 말이지.

"뭔가 귀찮은 이야기네. 두 사람 말고는 전혀 관계없잖아."

"반의 문제는 모두의 문제, 라는 게 구실이었거든."

"구실이라고 말해버렸지."

세가와 본인도 그다지 흥미는 없다는 표정이었다.

하긴, 정말로 「남자는 다 망할 놈들이라니까~」라고 생각한다면 『스샷 찍었는데, 내 슈 엄청 귀엽지 않아?!』라는 메시지를 수업 중에 보내지는 않을 거고.

"으음, 이거 고양이공주 씨도 알고 있어?"

우리의 담임, 고양이공주 씨— 아니 사이토 선생님은 알고 있는지 물어봤다.

"말할 수 있을 리가 없잖아. 선생님한테 말해봤자 성가시게 될 뿐인데."

"큰 사태로 발전하면 곤란하고, 유이 선생님도 큰일일 테니까."

"그런가……."

두 사람은 이렇게 말하지만, 정말로 모르는 걸까?

실력도 좋거니와 장비도 좋고, 배려심도 투철한 길드의 양심. 대량의 귓속말 채팅도 콧노래를 섞어가며 대처하는 사람인데, 현실에서는 의외로 주변이 보이지 않는 건가?

후배도 들어왔으니 일이 많아서 큰일인 걸까. 부활동에도 자주 오지 않게 되었으니까.

"선생님보다는 내 탓이야…… 미처 관리를 하지 못해서, 미안해……."

어째서인지 아키야마가 시무룩하게 꾸벅꾸벅 고개를 숙였다.

"아니, 사과할 일은 전혀 없는데……."

"세테 씨하고는 상관없잖아요?"

"일단 반장이니까!"

반장이라고 해서 딱히 책임을 질 것까지는 없는데.

"그렇게 신경 쓸 것 없다. 듣자 하니 직접적인 폭력은 없고, 몰래 해코지를 하는 것도 아니고, 그저 말다툼 상황인 것 같은데. 그냥 장난 아니냐."

그때, 혼자 다른 반인 마스터가 냉정하게 말했다.

"당사자에게는 큰 문제겠지만, 외부에서 보면 자주 있는 트러블이다. 내가 학생회장으로서 움직일 필요도 없을 정도지. 세테가 염려할 건 없어."

"그런……가?"

"회장이 하는 말이니 틀림없다."

의기양양하게 말한 마스터는 다시금 우리를 둘러봤다.

"단, 명확한 문제가 되기 전에 상담을 하도록 해라. 개인 공격이나 해코지 같은 부류는 절대로 인정할 수 없으니. 내 눈에 흙이 들어가기 전까지는 이 학교에서 괴롭힘은 용납 못한다!"

"선생님보다도 선생님다운 소리를 하네, 마스터."

"학생회장은 건전한 학교생활을 지킬 책임이 있으니 말이다."

그 책임을 당당히 가슴을 펴고 떠안는 부분이 굉장하다.

서브 마스터도 간신히 하는 나로서는 도저히 흉내 낼 수 없을 것 같다.

"하지만 그런 대사건, 아코도 나도 전혀 몰랐는데?"

"어째서 몰랐던 걸까요? 반 전원이 말려든 거잖아요?"

따돌림 당한 건가? 싶은 건지 아코는 조금 불안해 보였다.

"아아, 그건 말이지~."

세가와가 쓴웃음을 지으며 나와 아코를 순서대로 가리켰다.

"너랑 아코는 언터처블이었거든."

"무슨 뜻이야?"

"니시무라 부부는 한 세트니까 내버려 두자는 게 규칙이었어."

"괴롭힘의 일종이라고 생각하거든?! 그거!"

"어쩔 수 없어요, 루시안. 고등학생인데 부부인 경우는 별로 없으니까요."

"진지한 얼굴로 수긍하지 마!"

그런 부분에서 넓은 아량을 보이지 않아도 되거든?!

애초에 부부가 아니라고!

"그런데 그런 너희가 왠지 거북한 분위기를 내고 있었으니까, 지금이 찬스라는 느낌으로 그쪽에서 끼어든 거야."

세가와가 질색하는 얼굴로 물었다.

"그거 대체 뭐였어? 아침에 그 이상한 대화. 타마키~ 라든가 니시무라~ 라든가."

"아니, 결혼한 캐릭터가 동결됐으니까, 결혼도 동결된 느낌으로 해볼까? 라는 이야기를 해서 말이지."

"아코도 니시무라도 바보 아냐? 응? 바보 아냐? 정말로 바보 아냐?!"

아키야마한테서 돌직구로 욕을 먹었다!

오히려 좀 신선한 기분이 들 정도야!

"조금은 그런 플레이도 괜찮을 것 같다고 생각했을 뿐이에요!"

"플레이라고 하지 마."

"왜 이런 타이밍에 그런 쓸데없는 짓을 한 거야……."

세가와도 한숨을 쉬며 말했다.

"그렇게 어이없어할 건 없잖아."

"그치만, 관계 수복을 하려면 역시 너희가 열쇠일 거라고 생각했단 말이야."

"주변이 어떻게 돌아가든 사이좋은 두 사람은 역시 부러우니까. 그쪽을 통해서 화해할 수 있지 않을까~ 하고 생각했던 건데……."

아키야마도 역시 피곤한 기색이다.

요즘 자주 부실에 온다고 생각했는데, 반 분위기가 미묘했기 때문이었구나.

하지만 모두 각자의 개인 시간이 있는 밤에는 개별적으로 연락을 취하니까 바쁜 건가.

그래도 노력하는 아키야마에게는 미안하지만, 우리는 아무것도 못하지 않을까—.

"뭔가 말할 새도 없이 우리도 싸우게 된 것처럼 돼버렸으니까."

"성으로 부르면서 거북한 분위기를 내서 그렇잖아!"

"어색하네~, 역시 그만둘까~ 라고 생각했었거든?!"

설마 농담조로 했던 일이 이런 결과로 발전할 줄이야.

어울리지 않는 짓은 하는 게 아니었어.

"루시안, 어떻게 하죠?"

"어떻게 하죠, 라고 물어도 말이지……."

선택지는 많지 않다.

"무시하고 친하게 지낼까, 아니면 모두에게 맞춰서 싸운 척을 할까, 정도려나……?"

"어느 쪽을 골라도 곤란하잖아요!"

"무시했다가는 반에서 붕 뜨게 될 거고, 분위기에 맞추면 지금처럼은 지내지 못하겠지."

"곤란해요~!"

아코는 아우아우 하고 당황했다.

"루시안은 어느 쪽이 좋나요?"

"어느 쪽도 싫어."

"그렇죠?"

둘이 함께 추욱 늘어졌다.

아아, 정말 성가시네. 굳이 따지자면 트러블을 만드는 쪽인 우리가 전혀 상관없는 남의 문제에 말려들게 되다니.

"우우우우, 어떻게 하죠."

"……오? 고민하는 거야?"

아코가 양손으로 머리를 감싸 쥐었다. 의외로 고민하네. 좀 더 간단히 정할 거라 생각했는데.

"이상한가요?"

"주변이 어찌 되든 상관없으니까 평소처럼 지내요! 라고 말할 줄 알았는데."

"물론 본심은 그거지만요."

아, 역시 본심은 그거구나.

"저도 반 아이들하고 조금 이야기를 하게 됐잖아요."

"전에도 말했지만, 리얼충처럼 됐으니까."

"잘은 모르겠지만, 이대로 리얼충처럼 된다면 저도 분위기를 읽어야 하나 싶어서요. 그게 정석 같은 느낌이잖아요?"

"뭐, 그게 평범하긴 하지."

내가 그렇게 말하자 아코는 조금 진지한 표정을 지었다.

"평범…… 루시안은, 제가 평범하게 있는 편이 낫다고 생각하나요?"

"뭐, 그게 편하긴 하니까."

정석을 따르면 붕 뜨지 않는 것은 현실이건 게임이건 똑같다.

모처럼 반에서 있을 곳이 생겼으니까 그걸 지키는 것도 좋다고 생각한다.

"그런가요…… 그럼, 그렇게 할게요."

"오케이. 그럼 분위기를 읽는 방향으로 갈까."

"구체적으로는 어떻게 할까요?"

"잠깐 싸우는 척을 한다든가. 싸워본 적이 없으니까, 연기로 해보는 것도 재미있잖아."

"우……."

아코는 내 얼굴을 빤히 보면서 굉장히 불안하게 말했다.

"……제가 할 수 있을까요?"

"싸우는 연기 정도는 할 수 있을 거야!"

복잡한 건 전혀 없다고! 친하게 지내지 않으면 되는 거니까!

"반에서는 이야기하지 않는다. 프린트를 건네줄 때도 눈을 마주치지 않는다, 정도려나?"

"도시락을 만드는 건요?"

"당연히 안 되지."

"대화를 해야만 할 때는요?"

"가급적 차갑게."

"상상하는 것만으로도 죽고 싶어지는데요!"

"나도 그래!"

아코가 나를 차갑게 대한다면 내 인생에는 대체 무슨 의미가 있는 거냐고~?!

—어라? 지금 발상, 꽤 아코에게 오염되지 않았나? 나 괜찮은 걸까?

"우우……, 알았어요. 하지만 연기라고 해도 너무 심한 말은 하지 말아주세요. 루시안한테 싫어한다는 말을 들으면 울 테니까요."

"나도 울 거야. 나중에 혼자 화장실에서 울 거라고."

"그게 대체 무슨 싸움이냐고……."

그게 우리의 한계라니까.

"물론, 이걸로 정말 루시안하고 싸우게 된다든가, 그런 건 절대로 싫어요."

"그럴 일 없어."

이런 아무것도 아닌 일 가지고 나와 아코가 어떻게 될 것 같아?

오히려 아코에게 지키고 싶은 소중한 친구 관계가 생긴다면 기쁘다는 생각조차 든다니까?

조금 질투는 나지만.

"……그럼, 두 사람도 싸우게 됐다는 걸로."

세가와가 어깨를 으쓱하며 말했다.

"2학년 5반은 남녀 전원이 싸우는 중이네."

"대참사야."

세테 씨가 식은땀을 주르륵 흘렸다.

"으으음……."

문득 마스터가 무겁게 입을 열었다.

"그러고 보니 나는 우리 반 사정을 전혀 모르는군……."

"그, 그러십니까."

당신은 그래도 괜찮을 거라 생각합니다.

††† ††† †††

이제 우리 반 일은 됐어. 이렇게 됐으니 현실도피하고 게임하자, 게임.

"그럼 오늘은 전직부터네?"

"그래. 각자 자기 직업을 얻고 나서 다시 집합하자."

"알았다. 끝내고 돌아오도록 하지."

두 사람이 포탈가게가 모여 있는 크리스털 앞으로 이동했다.

그리고 남은 아코가—.

"루시안, 퀘스트를 모르겠어요~!"

"하긴 그렇겠지."

어쩔 수 없지. 같이 할까.

아코를 데리고 나이트 전직 시험으로 향했다.

아직 전직 전인 캐릭터도 많기 때문에 현지에는 많은 사람들이 모여 있었다.

◆유우타 : 전직 아이템, 충성의 증표 팝니다.

전직에 필요한 아이템을 파는 사람도 있는 모양이다.

“어쩌죠? 사는 게 좋을까요?”

“그래야 하는데, 비싸네.”

상황이 상황이긴 하지만 바가지를 씌우기는—. 원래는 창고에 남아돌아서 무료로 뿌리는 아이템이잖아.

하지만 살 수 밖에 없나. 분하네, 라고 생각하던 중—.

◆재수인간 : 전직 아이템 뿌린다~! 원하는 사람은 거래창 띄워!

오, 친절한 사람도 있네!

◆유우타 : di

◆유우타 : altm

◆유우타 : 미스

◆유우타 : 야

◆유우타 : 팔고 있으니까 그만더ㅜ

◆재수인간 : 전직 아이템 뿌린다~

◆유우타 : 야! 그만둬!

그야말로 카오스 상태였다.

“아이템 받았어요!”

“잘 됐네!”

◆루시안' : 고마워. 친절한 재수인간 씨.

◆☆아코☆ : 감사합니다, 재수인간 씨.

◆재수인간 : 오오, 감사의 말 엄청 기분 좋네.

◆유우타 : 배포 그만둬! 위선자야!

◆재수인간 : 오오, 도발하는 거 엄청 기분 좋네. 재수생의 마음이 치유되는걸.

◆루시안' : 그건 공부하라고.

◆유우타 : 공부해.

◆재수인간 : 불합리한 디스가 재수생을 덮친다.

정말로 카오스였다.

"아무튼, 나이트의 전직퀘는 두 종류가 있어. 딜러 타입의 시험과 탱커 타입의 시험. 받은 시험에 따라 받는 스킬이 다른데…… 어느 쪽을 받을래?"

"저의 목표는 메인 탱커에요! 나이트가 없는 파티에 미래는 없어요!"

아코가 가슴을 펴며 말했다.

"그럼 탱커 시험이네. 내용은 간단해. NPC를 지키면서 적 무리를 쓰러트리면 클리어야."

"지키면서…… 알았어요! 제 탱킹력을 보여드릴게요!"

아코는 의기양양하게 전직 퀘스트 NPC 곁으로 향했다.

"열심히 해~ NPC를 지키는 거야~."

"네~에."

아코는 그렇게 대답하며 전직 퀘스트 전용 필드로 들어갔다.

필드 바깥에서 나나 플레이어들이 지켜보는 가운데, 퀘스트가 시작됐다.

▶☆아코☆ 님의 전직 시험을 시작합니다.◀

안내문 직후, 작은 NPC가 쪼르르 나타났다.

◆나이트 시험관A : 저희를!

◆나이트 시험관B : 지켜주세요!

동시에 동그란 골렘 셋이 출현해 NPC를 덮쳤다.

우와, 그립네. 이거 나도 했었는데~.

◆☆아코☆ : 맡겨주세요. 제가 지켜드릴게요!

의리 있게 NPC에게 대답을 한 아코가 골렘에게 달려갔다.

"이얍~!"

아코가 기운차게 선두 골렘을 베고 들어갔다.

상대도 되받아쳤지만, 플레이어가 당하게 설정되지는 않았기에 대미지는 매우 적다. 계속 맞아도 죽지 않을 정도의 공격력이다.

"이거라면 간단하네요~."

"호오?"

아코는 여유롭게 대답했지만, 그렇게 간단하지 않거든?

◆나이트 시험관A : 구해주세요!

"어라?"

아코가 싸우는 골렘과는 다른 골렘의 습격을 받은 NPC가 체력이 감소했다는 경고 채팅을 날렸다.

"잠깐만요, 잠깐만요! 바로 구해드릴게요!"

시험관 A를 때리던 골렘으로 타깃을 바꿔서 공격한 후, 타깃을 되받아왔다.

하지만 잠시 그 녀석을 두들기던 그때—.

◆나이트 시험관B : 구해주세요!

"또요?!"

허둥지둥 그쪽을 도와주자—.

◆나이트 시험관A : 이대로 가면 당해버려요!

"어어……, 잠깐만요. 왜 다른 적과 싸우는 건가요?!"

이쪽을 구하니까, 이번에는 역시 반대쪽 NPC가…….

◆나이트 시험관B : 이런 곳에서 당할 수는…….

퍽 얻어맞은 NPC의 HP가 0이 되어버렸다.

▶☆아코☆ 님의 전직 시험을 종료합니다.◀

"퀘스트 실패네."

"이걸 어떻게 하라는 건가요!"

돌아본 아코는 완전히 울상이었다.

알지, 알지. 그 마음 알고말고!

"이야~, 좋네. 아코!"

"뭐가 말인가요?!"

"이상적인 실패야!"

"실패에 이상적인 게 있나요?"

있고말고. 이건 중요한 실패야.

"나도 전직할 때 비슷한 경험을 했거든."

"……루시안도요?"

나와 같다고 들으니 아코도 조금 진정했다.

누구나 이렇게 된다. 나도 그랬다.

"이 퀘는 정말이지, 탱커의 기본과, 탱커의 비애가 담겨 있거든."

"비애인가요."

비애입니다.

"실패의 원인을 설명할게. 먼저 아코는 선두 골렘을 타깃으로 잡아서 때리기 시작했지?"

"네."

"파티 멤버 취급인 NPC는 궁수와 마법사니까, 같은 타깃을 때려서 한 마리씩 잡는 게 가장 좋아."

"그렇게 생각해서, 한 마리를 집중적으로 공격했는데……."

"응. 그게 맞아. 완벽해."

"하지만 실패했잖아요! 어째서인가요!"

나를 빤히 올려다본 아코가 호소하듯이 말했다.

가깝거든? 조금 떨어져, 떨어져.

"정확한데 어째서 실패했느냐면, 아코가 올바른 행동밖에 하지 않았기 때문이야."

"올바른 행동을 하면 안 되는 건가요?"

이게 안 된단 말이지.

왜냐하면 아코는 탱커로서 올바른 행동을 했지만, NPC는 그러지 않았으니까.

"잘 들어. 저 NPC는 타깃을 고정하지 않고 대충 아무 적이나 공격하고 있어. 그러니까 각각의 어그로를 넘지 않도록 전원을 때리지 않으면 타깃이 튀게 돼."

"에에엑? 그건 이상하잖아요!"

"가까워, 가까워."

아코는 한층 더 내게 접근해서 모니터를 찰싹찰싹 두드렸다.

"그럼 효율이 나쁘잖아요! 한 마리씩 쓰러트리자고요!"

"아코도 효율이라는 말을 하게 됐구나."

"몇 년을 했다고 생각하는 건가요."

그야 그런가. 아코도 언제까지나 초보자는 아니지.

"뭐, 방금 전처럼 단일 공격밖에 갖지 못한 편성이라면 타깃을 모아서 한 마리씩 쓰러트리는 게 효율은 좋지. 하지만, 실제로는 그러지 않는 사람도 있어."

"어째서인가요?"

순수한 눈동자로 묻는 아코에게는 미안하지만—.

"나도 몰라."

"그게 뭔가요~?!"

나도 모르는걸.

"단지, 곤란하게도 그런 영문 모를 사람을 지키는 것도 탱커의 일이야."

"영문 모를 사람도 지켜야 하는 건가요."

"맞아. 이상적인 행동을 하지 않는 상대나, 자신이 상상도 못한 행동을 하는 상대를, 그 사람에 맞춰서 지킨다. 탱커에게는 그런 것도 필요해."

"생각처럼 움직이지 않는 사람을, 지킨다……."

아코가 그렇게 중얼거렸다.

"이건 굉장히 중요한 점이야. 나중에 레벨이 올라서 광역공격이나 DOT가 늘어나면 모든 적을 동시에 죽이는 게 가장 효율이 좋은 상황도 나오거든. 근처에 적이 많으면 딜이 올라가는 스킬도 있고, 대미지를 받으면 카운터를 먹일 수 있어서 한 마리만 타깃하고 싶은 직업도 있으니까."

"아하……."

아니, 이런 건 오히려 레벨 100을 넘은 힐러인 아코가 가장 먼저 알아줬으면 하는 건데.

"그러니까 탱커형 나이트 전직 퀘스트에서는 자신의 이상에 얽매이지 말고, 동료에 맞춰서 확실히 파티를 유지하는 기술을 시험하는 거야."

"그렇군요! 조금 알 것 같기도 해요."

"또한 이 기술은 현실에서도 매우 중요하기 때문에, 아코는 꼭 익혀줬으면 좋겠어."

"그쪽은 무리에요."

1초라도 좋으니까 생각 좀 해주라.

"그럼 탱커로서, 동료에 맞추는 힘을 기르러 갔다 올게요!"

"그래, 힘내라!"

그것만 할 수 있다면 나이트의 스타트 지점에 서게 되는 거니까.

아, 맞다.

"참고로 상위인 실드 나이트가 되기 위한 시험에서는 파티 멤버가 무슨 일을 하든 문답무용으로 최대 화력을 끌어낼 수 있는 기술을 시험해."

"맞추라는 건 대체 어디로 간 건가요?! 이야기가 다르잖아요!"

"탱커는 그쯤에서 이해하게 되거든. 아아, 파티의 규칙은 내가 정하는 거구나, 라는 걸."

효율적이고 자시고 내가 파티의 규칙이다. 탱커를 거스르지 마라, 라는 뜻이다.

힐러도 성장하면 비슷한 소리를 한다.

불만 있으면 힐 안 해준다? 라든가.

"뭐, 처음에는 겸허하게 상대에게 맞춰주자."

"네. 겸허한 나이트가 될게요."

힘내라, 아코. 미래의 우리 메인 탱커!

그렇게 두 번째 도전이 시작됐다.

"이, 이쪽이네요!"

"또 이쪽인가요!"

아코는 휙휙 타깃을 바꾸는 NPC에 맞춰서 효율을 무시하고 적을 때렸다.

그리고 최종적으로 모든 골렘을 거의 동시에 쓰러트렸다.

◆나이트 시험관A : 저희의!

◆나이트 시험관B : 승리에요!

"이겼어요!"

"축하해~."

"아, 끝났어? 축하축하."

"음. 축하한다."

◆재수인간 : 축하해.

◆유우타 : ㅊㅋㅊㅋ

◆☆아코☆ : 감사합니다!

시험을 관전하던 사람들도 축하해주었다.

뭐지, 이 따스한 공간. 이 게임, 평소에도 이렇게 상냥한 세계라면 좋지 않을까?

"이거 보세요, 루시안! 나이트로 전직해서 샤우트를 익혔어요!"

"주변에 있는 적의 어그로를 모으는 스킬이네. 이제 가슴을 펴고 탱커라 말할 수 있어!"

"제가, 앨리 캣츠의 탱커…… 왠지 두근두근하네요!"

지금은 길드 시스템도 동결 중이지만.

"일단 확인하는 건데요, 평범한 파티에서 플레이하는 사람은 방금 NPC처럼 못하지는 않죠?"

"……."

"왜 눈을 돌리는 건가요?!"

터무니없는 사람도, 세상에는 있으니까!

"나도 전직 끝났는데, 그쪽은?"

"아, 미안. 난 아직 디컨이 되지 않았어."

힐을 익히지 않으면 루시안'은 언제까지나 무능력자다.

"미안, 서둘러 끝낼게."

"괜찮아. 천천히 경험을 즐기라고."

"……어, 으응."

그렇게 다정하게 말하면 진정이 안 되는데…….

평소였다면 당장 하라면서 화냈을 텐데, 왜 저러지?

"디컨의 시험은 간단해요! 퀴즈의 답을 맞히면 되니까요!"

"전투도, 아이템 수집도 없네."

"싸우라고 하면 곤란하잖아요."

그런가. 퀘스트를 받는 게 힐러 지망 캐릭터니까 난이도가 낮은 건가.

포탈가게에 부탁해서 멀리 있는 시험장으로 향했다.

디컨 전직 NPC에게 말을 걸자 바로 시험이 시작됐다.

▶루시안' 님의 전직 시험을 시작합니다.◀

안내문과 동시에 작은 시험 맵으로 이동했다.

눈앞에는 왠지 높은 사람처럼 보이는 신부님이 한 사람

있었다.

◆디컨 시험 신부 : 지금부터, 당신이 신도로서 걸맞는지에 대한 시험을 진행하겠습니다.

◆디컨 시험 신부 : 제 질문에 솔직한 마음으로 대답해 주십시오.

그렇군. 신부님의 질문이 퀴즈라는 건가.

◆디컨 시험 신부 : 당신은 위대한 신의 가호를 믿으십니까?

"네네."

◆디컨 시험 신부 : 신의 힘을, 동료를 구하고 어둠과 싸울 때에만 사용하겠다고 맹세하시겠습니까?

"……대인전에서 쓰면 안 되는 걸까요?"

"야, 아코. 쉿—!"

초반 설정과 업데이트 이후 내용의 차이는 자주 있는 일이니까.

이런 느낌으로 간단한 질문이 이어졌다.

이거 간단하네~ 라고 생각하던 중, 갑자기 화면이 어두워지더니 콰앙! 하는 번개 소리가 났다.

◆디컨 시험 신부 : 내가, 어둠에 굴할 줄이야…….

◆베엘제붑 : 크하하하하! 신의 하수인 따위야 이 정도지!

어라? 신부님이 쓰러지고 파리 모양의 보스 몬스터가 나왔네.

"뭐야, 이거? 이벤트야?"

"후후후후후, 지금부터가 어렵다고요!"

경험자인 아코가 눈을 빛냈다.

어렵다니, 설마 레벨 10인데 보스를 쓰러트리라는 소리는 아니겠지?

"아, 이 보스. 클릭하면 이야기를 할 수 있는 건가? 적이 아니네."

"아뇨, 아뇨. 무서운 적이라고요!"

"호오?"

그렇게까지 말하니까 신경이 쓰이네.

두근두근하면서 말을 걸어봤다.

◆베엘제붑 : 신의 하수인 따위는 시시하다고 생각하지 않나? 네놈이 나의 부하가 된다면 이 아이템을 주도록 하마.

그 말과 동시에 화면에 아이템 하나가 표시됐다.

경악스러운 레어리티 랭크 S.

보스 한정 드롭인 초(超) 레어 인첸트 스크롤, 스마이팅.

"오오…… 스마이트 스크롤은 처음 봤어……."

"이거, 10G 정도 하겠죠?"

"이 랭크라면 가격은 정해지지 않으니까. 그냥 파는 사람 마음이야."

그 정도로 세다고!

아무튼 공격을 할 때마다 50퍼센트의 확률로 상대에게 즉사판정을 거는 인첸트다.

공격 속도만 올리면 이 인첸트를 장착한 무기 하나만으로도 무쌍(無雙)할 수 있다고 한다.

우와, 갖고 싶어. 엄청 갖고 싶어!

◆베엘제붑 : 자, 어쩌겠느냐? 악마에 굴복하겠느냐, 하지 않겠느냐? 대답해라.

"나는 굴복하겠어!"

"걸려들었네요, 루시안!"

"헉?!"

앗! 반사적으로 YES를 눌러버렸어!

아니나 다를까 베엘제붑은 흐릿하게 사라졌고, 신부님이 천천히 일어났다.

◆디컨 시험 신부 : 악마에게 굴하다니…… 네놈은 성직자에 어울리지 않는 모양이로군.

▶루시안' 님의 전직 시험을 종료합니다.◀

"불합격인가…… 다시 해야겠네……."

"뭐하는 거야. 니시무라."

"아니, 이 기회에 받을 수 있지 않을까 싶어서."

"받을 수 있을 리가 없잖아."

세가와가 나 참~ 하고 살며시 웃으며 말했다.

바보 아냐? 라고 욕하지 않네? 아니, 욕을 듣고 싶지는 않지만.

"그렇군. 루시안은 세계의 절반을 너에게 주겠다고 한다면

『네』를 고르는 타입인가.”

마스터도 쓴웃음을 지으며 말했다.

“아아, 나라면 『네』라고 대답하겠지.”

“그 절반이 루시안에게 들어온다면 저도 『네』라고 말할 것 같아요.”

“둘이서 반씩 가져가면 세계정복이로군.”

바보 같은 소리 하지 말고, 당장 전직하자.

††† ††† †††

“그럼 전직도 끝났으니, 상황 체크를 하자.”

전직을 완료한 우리는 칸토르 마을로 돌아왔다.

“내 새로운 모습 어때? 귀엽지?”

세가와의 슈가 그렇게 말하며 댄스를 췄다.

“이 활의 힘을 너희에게 보여주마! —라고 말하고 싶지만, 평범한 활이군.”

마스터의 †애플리코트†가 수수한 목제 활을 시시하게 들어 보였다.

“메인 탱커, 할 수 있어요! 이걸로 이긴다!”

아코의 ☆아코☆는 탱커인 주제에 머리 장비는 리본이다.

“힐 말고는 스킬이 없잖아…….”

그리고 내 루시안'은 회복 말고는 쓸모가 없다.

게다가 전원 자기 직업에 익숙하지 않다.

평소의 진지한 편성과는 다른, 초보자팟이 되었습니다.

"레벨 10이라고는 해도 여러모로 불안감이 있네."

"아코가 샤우트 익혔잖아? 어떻게든 될 거야."

"외칠게요! 어흥~!"

아코가 어흥~ 하고 양손을 펼치며 말했다. 귀엽긴 하네.

"슈는 무슨 댄서야?"

"일단 마지막까지 쓸 걸 생각해서 듀얼이야. 유혹으로 시작하네."

"괜찮아 보이지만, 초반에는 어쩔 건데?"

"춤출 거야."

"……그러냐."

네가 그렇게 말한다면 그래도 되겠지만.

"대화 내용의 설명을 부탁드려요!"

아코가 손을 번쩍 들며 물었다.

그게 말이지, 댄서 이야기인데—.

"댄서는 지원 타입의 직업인데, 주로 버프형, 디버프형, 듀얼형, 어태커형이라는 종류가 있어."

"나는 그 중에서도 가장 춤으로 활약할 수 있는 듀얼형으로 만들려고 해! 버프도 디버프도 다 익혔어!"

세가와가 씨익 웃으며 가슴을 폈다. 트윈테일이 자랑스럽게 휘익 하고 흔들렸다.

"지원도 방해도 되는 건가요? 큰 도움이 되겠네요!"

"앞으로 레벨이 5 정도 더 오를 때까지 유혹의 춤밖에 출 수 없지만."

"……그거, 자기가 춤추는 대신 적이 춤추는 거죠?"

"그래, 그거야. 스킬 레벨이 1일 때에는 한 마리만 춤춰."

그야말로 유혹의 춤이네.

"……."

지금은 메인 탱커인 아코가 미묘~한 표정으로 세가와를 바라봤다.

"저기, 조금 더 공격적인 춤은 없는 건가요?"

"있긴 하지만, 이 아이는 파티의 아이돌이니까 익히지 않았어."

"실망했습니다. 돼지공주 씨의 팬 그만둡니다."

"누가 돼지공주야?!"

팬을 그만두더라도 이 녀석은 춤밖에 출 수 없다고 생각하는데.

하지만 탱커의 자각이 생겨서 다행입니다.

"어태커는 내게 맡겨라! 라고 하고 싶지만, 나도 아직 딜이 딸리는군."

과금도 못하고, 돈도 없고, 장비는 남에게 받은 활이다.

아무리 마스터라도 대단한 딜은 내지 못하겠지.

신출내기 힐러인 나도 깨작깨작 회복하는 게 고작이다.

"으음, 이 상태로 할 수 있는 사냥을 생각할까?"

"간다면 초보자용 던전일까?"

"던전이라니, 제가 탱커인데요?"

"그야 그렇지."

그 말에 아코는 노 땡큐! 라는 듯이 양손을 가위표로 만들었다.

"에에에엑?! 던전이라니 무리에요!"

"바로 직전에 메인 탱커 할 수 있다고 했잖아."

"그렇긴 하지만요."

입으로는 그렇게 말했지만, 정작 하는 건 무서운 모양이다.

"마음은 알겠어. 나도 처음으로 파티의 메인 탱커로서 던전에 갈 때, 토할 정도로 긴장했었거든."

"그렇죠?!"

"어차피 다들 친한 사이니까, 뭘 하더라도 상관없잖아."

"음. 이제 와서 실패한다고 문제가 생길 사이도 아니니."

"으음……."

우리의 얼굴을 돌아보던 아코는 조심조심 끄덕였다.

"그러네요. 다들 화내지 않을 거고, 방금 NPC하고도 다르니까요."

"아무리 그래도 퍼스트 플레이인 탱커한테 화내지는 않아."

"그럼 갈 장소 말인데…… 전송이 필요한 곳은 피하고 싶어."

"마침 근처니까, 고블D 어때?"

"적당한 곳이군."

고블린의 소굴 던전, 통칭 고블D.

고블린이 우글우글 있다, 끝. 그런 느낌의 필드 던전이다.

추천 레벨은 10~20 정도다. 전직 직후에 파티 사냥을 한다면 딱 좋을 정도의 난이도라 할 수 있다.

"오케이, 준비……할 게 없네."

"퀘만 받아서 가요."

마을에서 걸어서 갈 수 있는 고블D를 향해 뚜벅뚜벅 걸었다.

우리와 동시에 새 캐릭터를 만든 사람들이 와 있는 모양인지 꽤나 혼잡했다.

"으음, 광역 스킬은 없지?"

"미안하다. 애로우 레인까지는 앞으로 35레벨이 필요하다."

"30까지밖에 올리지 않을 건데."

"단일공격으로 힘내요!"

아코가 그렇게 말하면서 천천히 던전 안으로 나아갔다.

선두에 아코가 있다니 정말 신선하네.

"루시안. 일단 기본적인 움직임을 가르쳐주세요."

"기본이라…… 그럼 잠깐 한 무리랑 싸워볼까?"

"네. 부탁드려요."

복잡한 건 전혀 없는데 말이지. 그래도 실천해보는 건 손해가 아니니까.

앉은 자리를 바꿔서 아코의 의자에 앉았다.

"루시안이 앉은 의자, 따스하네요."

"비비적대지 마."

남의 엉덩이가 있던 곳을 비벼서 어쩔 건데?!

"그럼, 던전의 특징 말인데, 적은 기본적으로 전부 선공형이야."

단축키를 확인해서 샤우트 버튼을 체크.

"그러니까 일단 적의 타깃을 가져와."

근처에 있던 고블린 세 마리에게 다가갔다.

이쪽을 눈치챘다는 『!!』 표시가 뜨고, 고블린이 달려와서 덮쳐왔다.

"대미지를 감수하고 샤우트를 쓰고 싶겠지만, 아직 방어구가 약하니까 무리는 하지 마. 다들 공격하는 건 잠깐 기다려."

그렇게 일러두고 슬쩍 한가운데를 빠져나갔다.

상처 없이 적을 끌어들이면서 빙글 원을 그리며 한 곳에 모았다.

"여기서 외치면서 방어 개시!"

적을 모두 정면에 두고 샤우트 단축키를 눌렀다.

어흥 하고 울부짖는 ☆아코☆에게 고블린이 덤벼들었다.

나머지는 방패의 방어를 살리면서 수시로 가드를 넣기만 하면 된다.

"공격 부탁해."

"간다!"

"따라란~."

"힐 넣을게요~."

☆아코☆와 마스터의 공격으로 한 마리씩 잡았다.

딱히 문제없이, 무난하게 첫 번째 전투가 끝났다.

초보자용 던전이라 적은 기본 공격밖에 하지 않으니 무척 여유가 있었다.

"뭐, 이런 느낌이야."

"그렇군요."

아코가 끄덕이면서 모른 척하며 말했다.

"그럼 다음으로 가죠!"

"안 가."

아코 네가 탱커를 하는 거라고?

"역시 안 되나요……."

아코가 털썩 자기 자리에 앉았다.

익숙한 직업의 캐릭터를 쓰고 싶은 건 알겠지만, 지금은 그게 아니잖아.

"그럼, 가, 갑니다!"

"열 번 정도는 붕괴할지도 몰라."

"레벨 다운도 각오한 바다."

"두 사람 다 너무해요!"

"으~음."

부정을 못하겠다.

"하지만 괜찮아. 아코가 언제나 나를 보고 있었다면 할 수 있을 거야!"

"압박감이 더 심해졌어요오오!"

힝힝 울상을 지은 아코가 던전을 나아갔다.

그때, 마침 앞에 고블린 다섯 마리 정도가 뭉쳐있는 것이 보였다.

"어쩔까?"

전부는 힘드니까 근처에 있는 놈들만 낚을까? 라는 의도로 물은 거였는데—.

"할게요!"

"하, 할 거냐."

아코는 사나이답게 적진 한가운데로 들어갔다. 하긴, 일부만 낚아온다는 생각은 처음에는 못하지.

"어, 어어, 이렇게 둥글게 둥글게……."

몇 방 맞긴 했지만 내가 한 것처럼 적을 모았다.

"어흥! 해냈어요!"

무사히 샤우트도 넣었다.

"응응. 좋아좋아! 잘 했어! 아코."

"정말인가요!"

아코가 탱커를 시작한 뒤부터 줄곧 생각해왔다.

조작은 역시 서투르지만, 아코의 행동은 아무런 잘못도

없었다. 적어도, 뭘 해야 할지는 알고 있었다.

즉, 평소에도 아코는 내가 하는 동작을 제대로 보고 있었다는 소리다.

“내가 노력하는 모습을 아내가 보고 있었다는 느낌이 드는데? 엄청 기뻐.”

“무슨 말인지는 모르지만 저에 대한 호감도가 올라갔어요! 기쁘네요!”

“노닥거리지 말고 내 춤을 보란 말이야~! 이거 무지 귀엽지 않아?”

“으음, 좀 더 화려한 스킬을 쓰고 싶다만.”

느긋하게 대화를 나누면서 편안한 분위기에서 전투를 시작했다.

여느 때와 달리 쓸 수 있는 스킬도 적어서 천천히 대화를 할 여유도 있었다.

아니, 언제나 대화는 하고 있지만, 그건 여유가 없는데도 억지로 이야기를 하고 있는 거였으니까.

“아, 춤이 통했다. 저거 봐, 저 고블린 춤추고 있어!”

“허접하네~.”

“몬스터한테도 춤 모션이 있네요.”

보통은 볼 수 없는 스킬의 효과를 지켜볼 여유가 있을 정도다.

적 고블린 한 마리는 슈의 댄스로 춤을 추기 시작했고,

남은 고블린 네 마리가 아코를 공격 중이다.

딜이 낮아서 전투가 꽤 오래 걸리고 있다.

"으~음. 나름대로 대미지를 꽤 받는구나."

"우우, 죄송해요."

"아냐아냐. 방어 스킬도 없고, 적은 그저 때리기만 하니까, 아코가 어떻게 해본들 대미지가 줄어드는 건 아니잖아."

적의 스킬을 핀 포인트로 가드하는 잔기술이 없는 레벨대니까, 누가 하더라도 비슷하게 맞는다.

하지만 조금 노력할 수 있는 범위라면—.

"단지, 내가 아코에게 힐을 해줘서 오르는 어그로가 이제 슬슬 위험할 것 같은 때인데……."

"네? 아, 아아, 둘 다 루시안 쪽으로!"

"거봐, 왔잖아."

때리는 것에 집중해서 외치지 않으니까 힐의 어그로 탓에 적이 이리로 와버렸다고.

하지만 딱히 문제는 없다. 고블린을 가볍게 이끌고 아코 쪽으로 갔다.

"자. 타깃 가져가, 가져가."

"어흥! 어흥!"

아코는 열심히 외쳤다. 현실에서 외치더라도 어그로는 못 번다고 생각하는데.

스킬의 효과는 제대로 발동해서, 무사히 고블린이 아코를 타게팅했다.

"후우, 어찌어찌 됐네요."

"하지만 샤우트를 연발하면 그 사이에 단일 공격을 하는 마스터가—."

"음. 이쪽으로 왔나."

"아앗! 마스터에게 타깃이!"

줄곧 화살을 맞던 고블린이 마스터에게 타깃을 옮겼다.

아코가 허둥지둥 그 고블린을 때렸다.

"하지만 그렇게 단일 공격으로 어그로를 벌면, 또 내게—."

"냐아아아아아앗!"

"따라라~."

††† ††† †††

"……지쳤어요."

정말로 지친 목소리였다.

"수고했어, 아코."

"처음치고는 잘 한 편 아니야? 붕괴한 건 갑자기 튀어나와서 도망쳤을 때뿐이고, 이러니저러니 해도 사망자는 안 나왔잖아. 꽤 잘 했어. 다시 봤다고, 아코."

"음. 딜 부족으로 퇴각한 적은 있지만, 그건 이쪽 문제다. 탱커로서 부족함 없는 움직임이었다."

"……감사합니다."

아코는 조금 기쁜 듯도 하지만 어딘가 당황한 듯이 꾸벅꾸벅 고개를 숙였다.

"칭찬 받았으니까 의기양양하게 웃어도 되는데?"

"기쁘긴 하지만, 단지 조금……."

키보드 위로 흐느적거리며 엎어진 아코가 나를 올려다봤다.

"루시안, 언제나 이렇게 고생하는 건가요?"

"그렇게 고생하는 건 아닌데."

탱커는 어떤 의미로는 단순작업이니까, 익숙해지면 차라리 편하다.

"게다가 아코는 아직 레벨이 부족하니까. 스탯과 스킬, 장비가 없는 탓에 고생한 거야."

"하지만 레벨이 오르면 스킬이 늘어나서, 조작이 복잡해지잖아요?"

"조작의 고생과 강함은 비례하니까."

가끔 비례하지 않는 직업도 있지만. 힐러라든가.

"오히려 나도 힐러의 고생에 놀랐어."

"힐러가 고생하나요?"

"보통은 아코의 조작을 도와주는 정도였으니까. 진지하게 해본 적은 없었거든."

멍하니 힐만 해주고 있는 거라면 딱히 어렵지 않다.

하지만 타깃이 튀는 바람에 이동하며 회복시키거나, 다른 멤버도 덩달아 같이 얻어맞거나, 자신이 적에게 쫓기는 등등, 생각하는 게 많아지자 혼란스러웠다.

"무심코 아군에게 힐을 해서 자신이 뒷전으로 미뤄지기도 하고…… 아코의 마음을 잘 알았어."

"저희, 서로 마음이 통한 거네요!"

"같은 직업을 하면 전해지는구나!"

아코와 굳은 악수를 나눴다.

아코의 손, 변함없이 몰랑몰랑하네.

"나도 평소에는 광역 공격이 메인이라 깨닫지 못했다만, 단일 공격 직업은 어그로 관리가 어렵군. 오늘은 몇 번이나 타깃을 빼앗아서 미안했다."

성실한 마스터는 여러모로 공부를 했는지, 스스로 반성할 점을 정리한 모양이었다.

"슈바인이 램페이지 소드를 메인으로 쓰는 이유는, 단일 스킬을 연타하면 어그로를 너무 많이 모으기 때문이라는 부분도 있는 거였군."

"으음, 내가 혼자서 스킬을 연타하더라도, 니시무라라면 어떻게든 해줄 거라고 신뢰하고 있으니까."

"왜 그래……? 갑자기 칭찬하고."

요즘 세가와가 이상하게 다정해서 진정이 안 된다.

"칭찬이 아니라, 그냥 사실이야. 저쪽 과금 마법사는 딜링이 엄청나잖아."

세가와가 떨떠름한 얼굴로 마스터를 가리켰다.

"저 광역딜을 맞아도 튀지 않게끔 전체 어그로를 유지하면서, 전력으로 단일 공격을 하는 내게서 타깃을 지키는 건…… 불가능하잖아."

"그래! 그렇다니까!"

역시 슈는 잘 알고 있다.

내가 마스터의 무식한 딜링, 줄여서 무식딜에게서 타깃을 지키는데 얼마나 고생을 했는가.

그 점을 알아주기 때문에 이 녀석은 파트너인 거다.

평소에 떠들어대는, 이 몸의 딜은 굉장하다고, 씨익~! 이라는 소리도, 뒤집어보면 자신의 딜링으로 타깃이 튀더라도 자랑하기만 하지 화내지는 않는다는 뜻이다.

"다들 여러모로 생각하면서 플레이하고 있네요."

"이래 봬도 그럭저럭 숙련자니까."

"하지만 새로운 직업을 해 보니 새로운 발견을 하게 되는군."

가능하면 전 직업을 해봐야 한다는 어떤 폐인의 의견이 있었는데, 정말일지도 모른다.

"아무튼, 레벨 15까지는 왔네."

"이걸로 절반인가……."

"겨우 반환점이군."

"필요 경험치를 생각하면 1/10 정도지만."

"그건 말하지 않는 게 약속 아냐?"

“아직 절반…….”

아코는 시무룩하게 한숨을 내쉬며 화면을 캐릭터 선택으로 돌렸다.

그리고 검은 테두리 안에 든 영정사진 상태가 된『아코』를 바라보며 말했다.

“……아코로 돌아가고 싶어요.”

“나도 슈바인 님이 그립지만, 돌아갈 수가 없잖아.”

“나는 과금을 하고 싶다…….”

부실에 조금 지친 분위기가 흘렀다.

“……그럼 버그가 고쳐질 때까지 다른 게임 할까요?”

아코가 일단은, 이라는 텐션으로 물었다.

어, 아니, 그건 좀 곤란한데!

“내일이면 큐어 버스트를 익힐 수 있다고! 나도 손이 비면 공격에 참가할 수 있다니까!”

“그리고 직업 레벨 5가 되면 질풍의 춤을 익힐 수 있어. 슈의 레벨을 올려야 하는 게 당연하잖아.”

“내 헤드샷은 만렙까지 앞으로 3렙 남았다!”

“다들 서브캐 즐기고 있잖아요!”

그치만 즐거운걸.

평소에 하지 않는 직업이라 신선해서 즐겁다. 게다가 메인을 쓸 수 있는 상태였다면 메인 레벨 올려야 하는데~ 라는 죄책감이 들지만, 지금이라면 아무 염려도 없이 서브 캐릭터를 돌릴 수 있고.

"아코는 즐겁지 않아? 역시 그만둘래?"

"즐거운데요? 다들 처음부터 만들어서, 조금씩 레벨을 올리는 게, 옛날 같아서요."

그렇게 웃으며 말한 뒤—.

"이게 저였다면 좀 더 즐거웠을 텐데, 라는 생각이 들었을 뿐이에요."

"그러니까 그 캐릭터도 아코라니까."

아코는 아직 ☆아코☆가 아닌 모양이었다.

3장

"딸은 이런 아이로 길러요."

And you thought there is Never a girl online?

2학년 5반의 점심시간.

다른 반과 마찬가지로, 이 교실에도 평화로운 시간이 흐르고 있었다.

"저기, 이 망겜 그만두고 다른 거 하자~."

"그보다 휴대전화 게임은 예상대로 금방 질리네."

"너희들 꽝밖에 못 뽑았잖아."

"뽑기운 너무 딸린다."

"시끄러."

남자들 전원이 시작한 소셜 게임이 의외로 이어져서, 지금은 그 화제로 들끓는 중이다.

"나는 앨리스가 있는 한 이 게임을 계속할 거야."

"뭐가 앨리스야. 니시무라도 아니고."

음, 나한테 화제가 날아왔네.

"앨리스 같은 거 없다고. 어제도 10연 돌렸다가 완전 폭사했단 말이야."

"우리 중에서 니시무라가 제일 못 뽑았잖아."

"온라인 게이머 주제에."

"그건 상관없잖아."

지금까지 내 인생에서 뽑은 최고의 레어는 복도 쪽 자리에서 이쪽을 힐끔힐끔 보면서 도시락을 먹고 있는, 머리가 긴 저 아이라고.

거기서 운을 모조리 썼으니까 소셜 게임의 유니크 레어 같은 건 안 나오더라도 어쩔 수 없다니까.

뭐, 게임이 화제니까 나도 익숙하고, 있기 편하기는 하지만—.

"거짓말. 그건 좀 아니지!"

"정말이라니까! 밥맛이야!"

"싫~다~! 참~!"

복도 쪽에서 여자들의 새된 목소리가 들렸다.

그러자 남자 쪽 분위기가 슬금슬금 어두워졌다.

"……."

"……칫."

"시끄럽네. 여자 목소리."

"그보다 저 찢어지는 목소리. 자기가 말하고도 귀 안 아프나?"

"자기 말도 제대로 안 들리는 거 아냐? 그러고 보니 걔네들, 이야기 도중에 『무슨 이야기였더라?』라고 물으면 『으응? 모르겠는데~?』 라고 하잖아?"

"그건 좀 아닌데?"

"골빈 년이라는 건가."

좀 아닌 건 이 대화도 그렇거든?

"……현실에서 골빈 년이라고 하는 거 처음 들었어."

"어? 니시무라, 뭐라고 했냐?"

"아니, 뽑기 돌렸더니 또 안 나왔다고."

"왜 돌린 건데. 10연까지 참으라고."

"이러니까 게이머는~."

게임 화제로 돌려서 듣고 싶지 않은 말을 끝내버렸다.

아니, 딱히 나도 이런 화제에 편승하지 못하는 건 아니거든? 분위기를 읽어서 표면상으로는 이야기에 맞추는 스킬을 쓰며 살아왔으니까.

나는 여자 친구가 있다며 뽐낼 생각은 없고, 하물며 기혼자라고 말할 생각도 없다.

내가 여자를 까는 말을 한다고 해서 딱히 아무 문제도 없다.

문제는 없지만— 그래도, 역시…… 싫다.

설령 들리지 않더라도, 본인에게 하는 말이 아니더라도, 아코에게 심한 소리를 하고 싶지 않다. 말하지 않겠다고 약속했으니까.

"……."

후우, 하고 한숨을 내쉬며 슬쩍 의자를 뺐다.

지금 이 반은 남녀의 단절을 드러내듯이 창가에 있으면 있을수록 남자들 중에서 서열이 높고, 복도 쪽에 있으면 있을수록 여자들 중에서 서열이 높은 배치가 되어 있다.

그 중에서 나는 서열 밑바닥이니까, 비교적 복도에 가까운 위치에 앉아있다.

그래서 조금 의자를 당겨서 물러나면 여자의 말소리가 들려온다.

"남자들 또 게임 이야기 하고 있지 않아?"

"앨리스라는데? 바보 아냐?"

"바보라기보다는, 그냥 기분 나빠."

"밥맛 떨어지는 게 아니라, 역겨워지는 그거네."

"그거그거~!"

아아, 역시 저쪽도 남자를 디스하고 있잖아.

증오의 연쇄. 끝나지 않는 싸움이 여기에 있는 모양이다.

"그보다 우리 반 남자들, 학교에서 제일 애 같지 않아?"

"게임하는 시점에서 이미 끝이야."

"……큭."

아, 두 명 정도 반응하네. 억지 동료 잘 부탁드립니다.

"게임이라고 하니까, 타마키, 니시무라랑 헤어졌지?"

"그래그래, 맞아."

음, 내 이름이 나왔다. 왜 이름도 모르는 여자가 내 이름을 함부로 부르는 걸까.

그렇게 생각하며 들어보니, 점점 이야기가 진행됐다.

"솔직히 잘 됐어. 걱정됐는걸. 니시무라는 좀 아닌 것 같아서."

"저건 아니지~, 제일 아냐."

"아냐아냐."

아앙? 누가 누구랑 비교해서 어떻게 제일 아닌 건데?!

에잇, 역시 너희들을 감쌀 필요 없었어! 이게 게임이었다면 안면에 방패를 확 후려쳤을 텐데!

—빠직!

"……어?"

"……타마키? 괘, 괜찮아?"

"으앗! 젓가락이 부러졌어?"

"……."

무슨 소린가 했더니, 아코의 손에 있던 젓가락이 부러졌다!

큰일 났다, 큰일 났어! 저 녀석 완전히 열 받았어! 이대로 가면 사건이 벌어질 거야!

'아코! 괜찮아! 나는 신경 쓸 것 없어!'

전해져라! 라고 빌면서 작게 고개를 흔들어봤지만, 허공을 응시하며 움직이지 않는 아코의 눈동자에서는—.

『용서 못해요, 용서 못해요, 용서 못해요, 용서 못해요, 용서 못해요, 용서 못해요!』

그런 느낌의 마음밖에 전해지지 않아!

"아, 혹시 니시무라한테 뭔가 당했던 거 떠올랐어? 오타쿠니까 뭔가 무지 재수 없는 소리 했던 거지?"

"잠깐, 치사토……."

"……이런…… 루…… 태우고…… 버려……."

괜찮아! 그렇게 화내지 않아도 괜찮다고! 아아아, 지금 남에게 보여줄 수 없는 얼굴이 됐잖아! 슬금슬금 부러진 젓가락 들어 올리지 마!

'세가와! 세가와! 아코 좀 어떻게 해줘!'

시선과 작은 동작으로 필사적으로 전했다.

나와 눈이 마주친 세가와는 조용히 끄덕였다.

『맡겨둬.』

그렇게 말한 것 같았다.

부탁합니다, 세가와 씨! 당신만 믿겠습니다!

"그냥 본인한테 말할래? 괜찮아, 다들 같이 있으니까!"

"……괜찮아, 아코."

세가와가 아코의 어깨에 손을 툭 올리고 그대로 살짝 등을 쓸어줬다.

그리고 기운차게 나를 디스하던 여자에게 말을 걸었다.

"저기, 치사토?"

"응? 아, 아카네도 그렇지? 니시무라 밥맛이라고 언제나—."

"잠깐, 조용히 있어."

세가와는 씨익 웃으며 그렇게 말했다.

"응? 아, 그래도—."

"치사토."

"……어? 아카네, 왠지, 어라?"

"왜?"

변함없이 웃으며 바라보는 세가와에게 치사토(로 보이는 사람)가 왠지 무서워하며 물었다.

"저기, 나나코? 왠지 오늘 아카네, 조금 이상하지 않아?"

"어? 그런가~?"

허둥대는 치사토(가칭)에게 아키야마는 포근하고 부드러운 미소를 지으며 대답했다.

"딱히 이상하지 않은데? 그치?"

"그렇지?"

"……그래? 아, 왠지, 미안?"

"왜 사과하는데?"

세가와는 변함없이 미소를 지으며 아코의 등을 쓸어줬다.

아키야마도 방실방실 미소 짓고 있다.

그런데, 왠지 모르게, 엄청 무섭다.

저 두 사람이 화를 내기도 하는구나. 몰랐다. 처음 봤어.

단지, 저기, 세가와 씨?

'그렇게까지 화낼 필요는 없다고 생각하는데…….'

괜찮은 건가 싶어 세가와를 힐끔 바라보자, 녀석은 흥 하고 어깨를 으쓱했다.

『딱히 너 때문에 화난 건 아니야.』

그런 의미인 것 같았다.

어, 그래? 그럼 상관없지만— 이라고 생각한 직후.

세가와는 엄지를 내게 돌린 뒤에 자기 가슴을 툭툭 두드렸다. 말하고 싶은 내용은 아마—.

『단지, 네가 디스당하면 내가 열 받는다고.』

그거 똑같은 의미잖아?!

역시 나를 위해 화내는 거냐고!

기뻐할 일이 아니긴 하지만, 그래도 역시 기쁘다.

"아아, 벌써 쉬는 시간 끝났네."

"스태미나 다 못 썼어~."

"역시 스태미나 없는 게임을 고를걸 그랬어."

"그러면 끝이 없어진다고 말한 건 너잖아."

이크, 진짜다. 벌써 쉬는 시간이 끝났다.

단지, 자리는 이제까지와 마찬가지로, 내 뒤에 아코가 앉기 때문에—.

"……."

"……."

수업이 시작되기 전, 살짝 눈이 마주쳐버렸다.

'아, 죄송해요. 사실은 저 사람한테 뼛속 깊이 깨닫게 해주고 싶은데, 아니, 지금부터라도 그렇게 해야 할 것 같지만!'

'괜찮아. 안 해도 괜찮다고!'

저녁석 반드시 쳐죽이겠다, 라는 눈빛을 보이는 아코에게 작은 동작을 취하며 필사적으로 제지했다.

'그보다, 이렇게 사이좋게 눈을 마주치면 안 된다고.'

'아, 그랬죠. 그럼…….'

……홱.

일단 연기를 한 아코가 내게서 시선을 돌렸다.

오오오, 이 감각, 뭐지?

거짓말이라는 건 알고 있다. 연기라는 건 알고 있는데도—.

"……괴롭네."

"윽!"

아, 조금 목소리가 샜다.

"……읍, ……읍!"

아코가 소리 내지 않고 허둥지둥 당황했다.

아니아니, 괜찮아. 알고 있다니까.

쓴웃음을 짓자, 아코는 움직임을 멈추고 나를 올려다봤다.

이쪽을 보는 아코의 얼굴은—.

『이제 한계에요.』

완벽하게 한계에 달한 표정이었다.

"이제 싫어요오오오오오!"

"우왓, 잠깐, 진정해!"

방과 후, 부실에 들어오자마자 아코가 와락 안겼다.

게다가 꽤 진심으로 울고 있었다!

"쓸쓸해요, 슬퍼요, 씁쓸해요, 힘들어요, 괴로워요, 아파요!"

"후반부는 물리적인 대미지 아니야?"

"루시안과 같이 있지 않으면 물리 대미지가 들어온다고요!"

"심리적인 게 아니었냐."

그건 심각하네…….

부실에는 나와 아코, 세가와와 마스터 네 사람뿐.

선생님도 아키야마도 모습을 보이지 않았다.

"루시안네 반은, 아직도 다투는 거냐."

"그렇다니까. 곤란하게도."

정말, 어떻게 해야 좋을지.

"정말이지! 싸우고 싶다면 그냥 멋대로 하면 될 텐데! 저랑 루시안은 상관없잖아요!"

"그렇긴 하지만 말이지."

"루시안에게 응석을 부리고 싶은데, 달라붙고 싶은데, 밀착하고 싶은데, 참아야만 하다니!"

"언제나 달라붙고 밀착해서 응석을 부리는 게 이상한 거 아닐까."

"그게 최저 라인이에요."

"최, 최저한이냐."

아코는 괴로운 듯이 가슴을 누르며 말했다.

"스스로 응석부리는 걸 참는 게 이렇게나 큰일이었다니. 루시안은 언제나 이렇게 괴로워하고 있는 거네요."

"나는 참고 있었던 게 아닌데……."

감탄하는 와중에 미안하지만, 너무 응석을 부리는 것도

곤란하거든?

“아코 정도는 아니지만…… 나도 좀 벅차.”

의자에 앉은 세가와가 질색하며 말했다.

“너도?”

“어, 나도.”

세가와는 모니터에 비친 무희 슈를 힐끔 바라봤다.

“요즘은 다정한 슈 역할만 하고 있어서 그런가, 왠지 동료인 너희들에게 물러진 느낌이야. 이렇게, 눈앞에서 디스당하면 엄청 열 받는다고나 할까?”

“묘하게 다정하다고 생각했는데 롤플레이의 영향이었냐.”

그럼 평소에 새침한 것도 슈바인 롤플레이 탓인가? 아니 아니, 설마 그런…….

“일단 말해두는데, 치사토도 평소에는 저런 아이가 아니거든? 단지 반 분위기가 그래서, 생각지도 않는 말을 호들갑스럽게 하게 되는 거야.”

“그건 남자 쪽도 마찬가지라고 생각해.”

얼마 전까지 여자 친구 갖고 싶어~! 라고 말했던 녀석들이 이 짧은 시간에 저렇게 돼버린 이유는 명백하게 분위기에 말려들었기 때문이다.

“잘 알고 있으니까, 나를 위해서 그렇게 화낼 건 없거든? 무슨 소리를 하건 신경 쓸 것 없어.”

“그런 건 알고 있다고.”

세가와는 바로 수긍했지만—.

"네가 진심으로 그렇게 생각하는 건 알지만, 그래도 열 받아."

"동료애가 깊네요. 슈."

"평범한 거 아냐?"

그게 평범하다고 말할 수 있는 부분이 대단하다.

"게다가 니시무라도, 우리를 지명해서 뭐라고 하면 화낼 거잖아?"

"물론 화내겠지."

화낼 거냐고 물으면 화낸다. 아마 남자들과 투닥투닥 다투게 되더라도 화낼 것이다.

그렇게 생각하면, 다투지 않도록 조절하면서 화를 내준 세가와나 아키야마는 역시 커뮤니케이션 능력이 높은 걸지도 모른다.

"저는 남편을 향한 사랑이 깊어서 슬슬 한계인데요."

"흠. 아코 군은 슬슬 한계인가?"

"네. 루시안 충전량이 부족해요."

"이 대화를 나누던 중에도 줄곧 나한테 안겨 있었는데, 그런데도 부족해?"

휴대전화 충전량도 그럭저럭 차오를 정도로 붙어 있었는데?

"그럼 싸우는 척은 그만두고, 평소대로 행동하면 되지 않나."

마스터가 태연하게 말했다.

"하지만, 그럼 루시안이 남자들한테 혼나잖아요."
"나는 딱히 상관없는데?"
원래부터 그렇게 중요한 포지션도 아니니까.
방금 세가와한테 듣고 알게 된 건데, 아코나 세가와, 아키야마의 험담을 말하는 남자가 있다면 나는 화내서 불만을 토로하게 될 테니까.
"단지, 연기를 그만두면 동시에 아코는 리얼충을 그만두게 된단 말이지."
"그렇죠."
한번 동료가 된 뒤에 배신하면 처음부터 적이었을 때보다 대접이 나빠지니까.
"선택을 잘못했어요…… 역시 정석에 기대는 게 아니었어요……."
"어쩔 수 없잖아. 리얼충 아코로서는 거기서 분위기를 읽는 게 올발랐으니까."
"리얼충…… 제가 리얼충……."
천천히 내 팔에서 떨어진 아코가 중얼거렸다.
"리얼충은, 루시안보다 중요한 건가요?"
"그건 아코의 판단에 달렸지만…… 딱히 나를 잃어버리는 건 아니잖아?"
"우우우우우……."
뭔가 갈등하는 건지 아코는 끙끙 고민했다.

요즘 아코는 대충 이런 상태다.

"그런데 제군. 슬슬 게임에 들어가도 되겠나?"

"고달픈 반에 대해서는 잊어버리고, 빨리 레벨 올리자."

"그럴, 까요."

모두가 모니터 앞에 앉은 가운데, 아코만이 그 자리에서 움직이지 않았다.

"아코?"

"……우우우, 하고 싶지 않아요."

"아코가 게임을 싫어하고 있어?! 내일은 운석이라도 떨어지는 거 아냐?!"

미티어 스톰을 쓰지 말아줘!

그렇다. 평소에는 현실에서 도망치듯이 게임에 몰두하는 아코가, 이쪽을 그다지 내켜하지 않고 있었다.

아코는 화면 속의 ☆아코☆를 빤히 바라보더니—.

"역시 이 캐릭터는…… 아무리 써도 익숙해지지 않아요……."

우우우, 하고 슬픈 듯이 말했다.

"루시안의 서브랑 결혼한다고 하더니, 그것도 하지 않은 모양이군."

마스터가 조심스레 말했다.

"그 캐릭터는 죽었어. 아무리 불러도 돌아오지 않는다고. 이제 그 시간은 끝내고 아코도 서브캐와 마주볼 때인 거야."

"죽지 않았어요! 동결됐을 뿐이라고요!"

도발하는 세가와는 내버려 두고.

"역시 서브 아코는 싫어? 뭔가 마음에 안 든다든가?"

"마음에 들지 않는 건 아니에요."

아코는 캐릭터 세부사항을 열어서 스테이터스 일람을 꺼냈다.

그곳에는 무난한 캐릭터 빌드로 성장한 ☆아코☆가 비쳐 있었다.

"스킬은 위키랑 루시안의 어드바이스로 가장 좋은 걸 골랐어요."

"그래. 문제없네."

"장비도 모아둔 돈으로 필요한 것만 샀고요."

"리본은 살 필요 없는 거였지만."

"스테이터스도 계획대로 올렸어요."

"레벨이 오를 때마다 나랑 상담하니까."

"제대로 육성했어요. 이 레벨의 캐릭터로서는 이상적으로 자랐다고 생각해요."

여기까지는 아무 문제도 없고, 완벽한 캐릭터 육성이 진행된 것 같다.

"그럼 뭐가 불만이야?"

"……그게, 말이죠."

아코는 뭐라 말하기 힘든 떨떠름한 표정으로 입을 열었다.

"아무 문제도 없이 이상적으로 자란 아코라니, 제가 아닌 것 같지 않나요?"

"아아, 그러네."

"흠. 그렇군."

두 사람이 수긍했다. 나도 아코가 하고 싶은 말을 알았다.

"그게 걸렸던 거냐……."

"네…… 캐릭터를 만들었을 때는 위화감 정도였는데, 키우면 키울수록 제가 아닌 것 같아서요."

아코는 시무룩하게 ☆아코☆의 세부사항을 살폈다.

"제대로 된 캐릭터라면 아코 같지 않다는 이야기는 알겠어."

"메인 탱커로서 의지하고 있었는데, 의지할 수 있다는 시점에서 아코 군이 아니었군."

어째 당연한 듯이 말하고 있는데, 그런 대접도 좀 심하지 않아?

"하지만 아코. 메인 캐릭터의 스테이터스 투자도 조금 문제가 있다고 생각하지 않았어?"

"안 될지도, 라는 생각은 들었지만…… 그래도 그건 전부, 그때그때 고민하면서 하고 있어요."

아코는 필사적으로 말을 골랐다.

"STR은 루시안에게 귀여운 옷을 보여주고 싶어서, 갈아입을 옷을 들고 다닐 수 있도록 올리기 시작했어요. 그 후에는 좋아하는 옷을 만들 수 있다는 걸 알게 돼서 DEX도 올리기 시작했고, 제가 바로 죽어버리면 민폐니까 VIT도 올렸어요. 게다가—."

아코는 나를 올려다보며 말을 이었다.

"처음 루시안에게 프러포즈하기 전에, 남은 포인트를 전부 써서 LUCK도 올렸어요. 전부 확실히 기억해요."

왜 운까지 올렸나 했더니만, 그래서였나.

으음, 운에 의존하면서까지 나와 결혼하고 싶었던 거냐고 생각하니 몇 번이나 거절했던 게 미안해졌다.

"하지만 이 아이는 마음이나 추억이 전혀 없고, 그저 이상적으로 자랐을 뿐이에요. 제 이름이 붙은, 저보다 훨씬 잘 만들어진, 제가 아닌 누군가예요. 이 아이가 모두와 함께 싸우고, 루시안에게 힐을 받고…… 그걸 보고 있으니까, 왠지…… 답답한 느낌이 들어요."

이상적으로 만들어진 캐릭터를 좋아하는 나와는 다르지만, 아코가 무슨 생각인지는 잘 알았다.

완벽주의자인 사람이 스탯 투자를 실수한 캐릭터를 사랑하지 못하듯이, 최강 캐릭터에 집착하는 사람이 강한 빌드를 찾지 못해서 질려버리듯이—.

아코는 자신답지 않은 캐릭터에 공감을 느끼지 못하게 된 거라고 생각한다.

"으~음. 캐릭터에 애정을 갖지 못하면 곤란하지."

"애정이 없지는 않은데요? 하지만 저라는 생각이 들지 않아서, 잘은 표현하지 못하겠지만, 뭔가 다른 존재 같아요."

아코는 현실과 마찬가지로, 게임 쪽에서도 답답함을 느끼는 모양이었다.

"나는 좋아하는데 말이지. 이 안정된 빌드의 캐릭터."

"게다가 루시안은 그렇게 이 아이를 편들고요!"

"그것도 스트레스였냐."

아코의 캐릭터를 편들었는데 질투하는 것도 곤란하다만.

"그보다, 애초에 말이죠!"

마침내 답답함이 한계에 달했는지, 아코는 벌떡 일어나서 책상을 탁탁 두드렸다.

"현실에서는 반 아이들과 리얼충 같은 대화를 하고! 게임에서는 잘 만들어진 캐릭터를 쓰고! 루시안하고는 노닥거릴 수 없고! 이런 건 제가 아니에요!"

"아이덴티티가 붕괴한 것 같네."

"레종 데뜨르[#5] 문제인 거로군."

"딱히 제가 리얼충이 되고 싶지 않은 건 아니에요. 단지 루시안과 함께 있기만 하면 그걸로 만족이었는데……."

화낼 만큼 화내고는 훌쩍훌쩍 울기 시작했다.

꽤나 불안정해졌군.

"이제 저는 대폭발을 일으킬 것 같아요……."

"요컨대, 아코는 스트레스가 쌓였다는 거야?"

"어쩔 수 없군. 괜찮다."

5 레종 데뜨르(Raison D'etre) 프랑스어로 「존재의 이유」.

"어이, 거기 두 사람. 그만둬."

세가와와 마스터의 장난에 스톱을 걸었다. 더 이상은 안 된다.

"아코가 폭발하기 전에 자진신고를 하게 되었다는 것만으로도 커다란 진보라고."

"그렇군. 문제가 되기 전이라서 다행이다."

"하지만 평소처럼 온라인 게임으로 스트레스 발산을 할 수도 없잖아?"

아무튼 『아코』가 없으니 말이지.

서브 캐릭터를 쓰면 진정이 안 되니까, 『아코』가 돌아오지 않는 한 영원히 게임을 제대로 즐길 수 없다.

"아코의 멘탈 관리에 온라인 게임이 이렇게나 중요했다니…… 방심했어……."

"현실에서 루시안에게 응석을 부릴 수 있었다면, 조금은 더 힘냈을 거예요."

"지금 응석을 부리면 되잖아."

"싸우는 척을 하는 사이에 점점 게이지가 깎인다고요! 이제 부실에서만 해서는 부족해요! 그래요. 이렇게 되면 루시안네 집에 직접—!"

"그만둬!"

"니시무라네 집은 학교에서 가까우니까 위험해. 누구한테 들킬지도 몰라."

"그럼 쉬는 시간에 몰래 만날까요?"

"나랑 아코의 낮은 연기력을 얕보면 안 돼. 쉬는 시간에 밀회를 했다가는 금방 들킬걸?"

"……흐음."

왁자지껄 떠들던 중, 마스터가 진지한 목소리로 입을 열었다.

"이렇게 말하면 좀 그렇다만, 지금의 너희는 꽤나 너희답지 않구나."

설교, 는 아니라고 생각하지만— 왠지 타이르는 듯한 말투였다.

"우리답지 않다고?"

"음. 전혀 너희답지 않다."

그런 느낌은 들었지만, 마스터에게서 들으니 역시 그런가 하고 납득하고 말았다.

마스터는 그런 우리에게 다정한 눈빛을 보내며 말했다.

"요즘에는 함께 있을 수 있는 곳이 부실과 게임 속밖에 없으니 말이지. 내가 생각하건대, 너희는 둘이서 이야기할 시간이 부족한 것 같다."

마스터는 그러니, 라면서 문 쪽을 가리키고는—.

"오늘은 두 사람 다 돌아가라."

진지한 표정으로 그렇게 말했다.

쪼, 쫓아냈어?!

"우리는 전력 외야?!"

"모가지인가요?!"

"그게 아니야."

마스터는 쓴웃음을 지었다.

"두 사람의 시간이 부족하다면, 만들면 되겠지. 둘이서 어디 나갔다 와라."

"나갔다 오라니…… 쉬는 날에 멀리 외출하는 것처럼?"

"휴일이라면 설령 멀리 나가더라도 누군가에게 들킬 가능성이 있겠지. 그러니 일부러 방과 후에, 바로 지금부터 멀리 나가는 거다. 반 아이들 누구하고도 만나지 않을 곳으로."

"방과 후 데이트인가요!"

"일부러 데이트라고 말하지 않았던 건데!"

데이트라고 말하면 긴장하게 되잖아!

하지만 아코는 방과 후 데이트라는 단어가 마음에 꽂혔던 모양이다.

"가죠, 루시안! 방과 후 데이트에요, 방과 후 데이트!"

"나도 흥미는 있지만…… 부활동은 괜찮아?"

"하고 싶지 않은데 억지로 할 필요는 없잖아. 온라인 게임인데."

"음. 아코와 루시안이 없는 동안에 우리는 장비 수집이라도 하고 있으마."

"……두 사람 모두 고마워."

"다녀오겠습니다!"

두 사람의 배웅을 받으며 나와 아코는 살며시 부실을 나왔다.

동료의 마음씀씀이가 정말 고맙다.

“두 사람을 위해서라도 들키지 않을 곳에 가야겠네.”

“그러게요. 클리어링해요!”

“FPS같은 소리를 하네.”

“TPS 쪽이 시야가 넓긴 하지만요.”

두리번두리번 주변을 살피던 아코는 벽에 등을 붙였다.

“이건 스니킹 미션이에요, 루시안.”

“목적지는 뒷문이야. 저쪽으로 나가자.”

“알겠습니다, 루시안 대령님.”

“누가 대령님이야.”

“성욕을 주체할 수 없어요.”

“그걸 말하고 싶었을 뿐이지!”

욕구불만이 쌓이긴 했겠지만!

골판지 상자는 없었지만, 다행히 아무에게도 들키지 않고 탈출할 수 있었다.

부활동이 시작한지 조금 지난 어중간한 시간, 통학로에는 아무도 없었다.

“아무튼 멀리 갈 거니까 전철을 타야겠네.”

“역까지 아무도 만나지 않는다면 좋겠는데요.”

“대충 뒷골목을 통해서 가자.”

나는 아코 앞에 서서 걸었다. 주택가 사이를 빠져나와 천천히 역으로 향했다.

"길을 아나요?"

"일단 여기가 고향이니까."

철이 들 무렵부터 살고 있었다.

"그러고 보니 루시안네 집은 학교에서 가깝네요."

"근처라서 여기로 한 거야."

오가는 게 빠르니까 게임을 할 시간이 늘어나잖아.

"그래서 인적이 드문 길 정도는 얼마든지 알고 있어."

"역시 루시안은 믿음직하네요!"

이런 곳에서 믿어본들…….

"게다가, 제가 모르는 루시안을 보게 돼서 기뻐요."

"으음. 그런가?"

옛날이야기는 그다지 하지 않으니까.

아코가 지금보다 붕 떠 있었다는 중학교 시절의 이야기는 도저히 물어볼 수 없고.

—아니, 물어볼 수는 있다. 지금이라면 분명, 내딛을 수 있을지도 모른다.

물을 수는 있지만, 그래도 묻지 않는다.

그건 묻지 못하는 것과는 분명 다르다.

아코가 말하고 싶다면 얼마든지 들을 수 있으니까.

그때까지는—.

"지금이 즐거우면 되겠지."

"……네? 네. 그러네요!"

두리번두리번 주변을 확인한 뒤, 내 팔을 꽉 안은 아코가 해맑게 말했다.

역시 역 안에서는 같은 교복을 입은 학생들이 보였다.

"이건 타깃을 뺏기지 않고 빠져나가기 어렵겠네요."

"아직 멀었네. 아코. 이럴 때에 정면 돌파는 어리석은 방책이야."

"어떻게 하시려는 건가요? 대령님."

"아슬아슬한 타이밍에 워프 포인트로 들어가는 작전이야!"

나와 아코는 전철이 오는 시간에 맞춰서 계단을 올라 승강장 구석에서 전철 맨 끝 차량에 올라탔다. 달려서 승차, 안 됨. 절대로.

"정말로 스파이 같아서 두근두근하네요."

"들키면 끝장이니까 긴장되네."

아코의 리얼충 생활도, 모두의 배려도, 지금까지의 인내도 모조리 물거품이다.

하지만 그렇기 때문에 게임 같아서 재미있었다.

"지금부터 어디로 갈까요?"

"방과 후니까 사람이 많은 곳에 가면 같은 학교 녀석들이 있을 거라 생각해."

그러니 사람이 적은 곳으로 가려고 한다.

이 시간에 사람이 적고, 스트레스 발산을 할 수 있는 곳.

그래, 거기다.

"바다에요~!"

"바다다~!"

숨어야 한다는 것도 개의치 않고, 나와 아코는 큰소리로 외쳤다.

이 봄철에, 설마 하던 바다. 한창 바다에 놀러 올 시기가 아니라서 그런지, 덕분에 꽤나 한산했다.

"사람 없네. 그야 그렇겠지만."

"춥네요!"

"벌써 봄인데 말이지."

바닷바람은 꽤나 춥게 느껴져서 아코가 더욱 따스한 것 같았다.

"아직 바다에는 들어갈 수 없겠네요."

"하지만 사람이 없는 해변을 둘이서 걷는 것도 로망이 있다고 생각하지 않아?"

"이해해요! 동경한 적도 있어요!"

"그치그치?"

아무도 없는 우리만의 해안이라니, 여름 바다에서는 절대로 체험할 수 없다.

평일에 일부러 멀리 나오지 않으면 볼 수 없는 광경이다.

"아, 맞다. 루시안!"

아코가 사각사각 모래사장을 달려서 조금 앞으로 나와 나를 돌아봤다.

"자, 루시안. 저를 잡아보세요~!"

"술래잡기야?"

"정석이잖아요! 자, 자~!"

"뭐야, 이 그리운 러브코미디 같은 시추에이션."

하지만 이해는 간다. 해보고 싶다.

내 앞에서 폴짝폴짝 뛰는 아코를 쫓아가보고 싶다.

"……에잇. 해주마! 거기 서라~!"

"아하하~! 이쪽이에요~."

"거~기~서~."

"나 잡아 봐나홋―!"

아앗! 도망치기 시작한지 10초 만에 아코가 넘어졌다!

"괜찮아?!"

"우우, 모래사장을 달리면 어떻게 되는지 알고 있었는데도, 즐거워져서……."

"그만 저질러버렸다는 거냐."

아코는 즐거워지면 그만 저지른다니까.

"우왓, 머리카락 사이가 모래투성이잖아."

"털어주세요."

아코의 머리를 훽훽 흔들어서 머리카락에서 모래를 털어

줬다.

털어도 털어도 나오네. 끝이 없잖아.

"후헤헤~."

"왜 네가 즐거워하는데?"

"루시안과 이러고 싶었으니까요."

"보살펴주면 좋아하는 점은 고쳐지질 않네."

머리카락은 포기하고, 교복에 묻은 모래를 팡팡 털었다.

꽤나 아슬아슬한 위치에 손이 닿았지만 아코는 도망칠 기색이 없었다.

"좋아. 오케이."

"감사합니다. 이제 두 번 다시 모래사장에서 달리지 않을 거예요!"

아코는 그렇게 말하면서 폴짝폴짝 뛰듯이 파도치는 곳으로 이동했다.

그건 그렇고 아코, 꽤 분위기를 탔다.

"파도치는 곳이라면 이렇게, 모래사장에 하트 마크를 그려서…… 아앗! 파도가 저희의 사랑을 지워버리네요……."

"비극의 히로인 놀이냐."

"자기가 지워질 곳에 적어놓고선 비극이고 자시고도 없지만요."

"완전히 혼자서 북 치고 장구 치고 하는 거지."

그렇게 이야기를 나누면서 파도가 밀려오는 곳에 글을 쓰고, 사라지는 모습을 즐기는 수수께끼의 놀이를 시작했다.

"리얼충, 학교, 인생…… 아아, 전부 지워지네요!"

"그걸 지우다니 말도 안 되지."

"에이, 어째서인가요."

아코는 킥킥 웃으며 해맑게 기지개를 켰다.

"왠지 이렇게 바다를 보고 있으면, 제 고민이 작은 것처럼 느껴져요."

"어디에 나오는 대사야?"

"모코모코의 연속퀘, 하얀 바다의 소녀에서 그러더라고요."

"야, 그 퀘는 소녀가 악마에게 빙의돼서 보스가 되는 거잖아."

"에헤헤."

에헤헤 웃지 말라고. 조금 좋은 퀘에서 대사를 꺼내란 말이야.

"하지만 청춘 같은 말이잖아요."

"스트레스 발산을 위해 밖으로 나온 시점에서 이건 이미 청춘이야."

청춘 소리가 나와서 말인데, 바다에서 하지 않은 게 있었다.

나는 흐읍, 하고 크게 숨을 들이쉬고는, 입에 양손을 대고 크게 외쳤다.

"이 바보자식아아아아아아아아아아!"

"정석이네요!"

목소리는 바다에 빨려들어 가듯이 사라졌지만, 꽤나 개운해졌다.

"평소에는 큰소리를 낼 일이 없으니까, 왠지 기분 좋네."

"그럼 저도—."

아코도 흐읍, 숨을 들이쉬었다.

"루시아~안! 사랑해요~!"

"그만둬! 그건 외치지 마!"

사람은 거의 없지만, 그래도 부끄럽다고!

"에헤헤…… 어라? 왠지 어질어질해요."

"평소에는 큰소리를 내지 않으니까."

폐활량이 낮으니까 한계를 고려해야지.

그건 그렇고 아코답지 않은 큰소리였다.

아코의 등을 쓸어주면서 아무도 없는 걸 확인하기 위해 주변을 둘러봤다.

그때, 꽤 가까운 곳에 여자아이가 한 명 서 있는 게 보였다. 아아, 들렸나. 부끄럽네.

바다에 비치는 저녁놀에 붉게 물들어서 잘 보이지 않지만, 이쪽을 바라보고 있는 것 같으니까.

"……타마키?"

어라?

명백하게 아코를 아코로 인식한 목소리가 들렸는데?

"어라? 아는 사이?"

"아뇨?"

"그럼 착각인가?"

"그러게요."

"어, 아니, 같은 반이잖아?!"

그 아이가 다가오면서 말했다.

에에에에엑?! 우리 반 애야?! 여기 올 때까지 펼친 은밀한 작전은 대체 뭐였던 거야?

"우와, 여기까지 와서 들키다니. 조심하라고, 아코. 같은 반 아이를 잊지 말라니까."

"저랑 같은 반이라는 건 루시안하고도 같은 반이라고요."

"그렇지."

외면했던 사실을 냉정하게 지적받고 말았다.

근데 저 아이, 기억에 있는 것 같기도 하고, 아닌 것 같기도 하고…….

"앗!"

아코가 뭔가 생각난 듯이 말했다.

"어어, 저기. 잠깐만요, 기억이 날 것 같아요!"

끙끙 고민하던 끝에 탁 손을 두드렸다.

"맞아요! 스즈야!"

"……장난으로 떠올리지 못한 척 한 거지? 그거?"

스즈야 어쩌고 양은 얼굴을 굳히며 말했다.

"아코는 진짜라고 생각하지만, 농담인 걸로 해줘."

“니시무라는 기억 안 나? 작년에도 같은 반이었는데.”
“여자하고는 연이 없어서.”
“에이. 그 있잖아, 나, 스즈야―.”
그때, 그녀의 목소리를 가로막듯이 사각사각 모래를 박차는 소리가 들렸다.
곧이어 어디서 많이 들어 본 목소리가 귀에 닿았다.
“미안, 카오리. 기다렸지!”
“……어라? 너…….”
아는 얼굴이다. 아무리 나라도 남자는 기억한다.
“타카사키잖아.”
“어라? 니시무라?”
2년 연속 같은 반, 육상부 소속이고, 카오라는 애랑 몇 번이나 싸우다가 헤어진, 이번 귀찮은 사건의 원인인 타카사키와 서로 얼굴을 마주 봤다.
“저기…… 나, 스즈야 카오리인데. 기억 안 나?”
다시금 말을 이은 스즈야 어쩌고 양. 아니, 스즈야 카오리.
타카사키에, 카오리…….
“앗!”
자키와 카오.
반 아이들 전원을 한꺼번에 싸움에 몰고 간 그 두 사람이잖아?!
그 두 사람이, 학교에서 멀리 떨어진 이런 해안에?

내가 수상하게 쳐다보자, 타카사키가 문득 말했다.

"니시무라랑 타마키…… 싸웠다고 하지 않았어?"

"내가 할 말이야!!"

††† ††† †††

이야기는 의외로 간단했다.

지금까지 몇 번이나 싸웠다가 화해하고, 또 싸웠다가 화해를 반복해 온 타카사키와 카오리.

이번에도 여느 때처럼 싸우고, 여느 때처럼 화해하긴 했는데…….

"화해했을 때는 반 전체가 말려든 큰 싸움으로 발전해서……."

"이제 와서 화해했다고 말하기 힘들어서……."

"그런 시시한 이야기로 지금껏 다투고 있었던 거야?!"

"저희한테는 무척 민폐라고요!"

필사적인 인내가 쓸데없는 노력이었다는 걸 알게 되자 아코가 울컥 화를 냈다.

"그치만 너희도 싸운 척 했잖아."

"그야, 그 분위기였으니……."

"그래서 우리도……."

"마음은 이해하지만……."

"그렇지?"

완전히 똑같은 고민을 가진 네 사람 사이에서 수수께끼의 공감이 생겨났다.

"하지만 그것도 끝이네요."

"그러게."

그리고 나와 아코는 싱글벙글 웃으며 끄덕였다.

"모두에게 이야기하면 내일부터는 평소대로 돌아가겠네요. 해결됐어요, 루시안!"

"이야~, 무사히 끝나서 다행이네."

"아니아니, 잠깐잠깐잠깐."

타카사키가 황급히 내 어깨를 잡았다.

"말한다니 우리에 대해서? 폭로할 셈이야?"

"폭로라니 듣기 안 좋네. 오해를 풀 뿐이야."

"좋게 말하고는 있지만, 결국은 폭로하는 거잖아!"

"폭로할래요!"

나와 달리 아코는 아무런 사양도 없이 단언했다.

"그건 곤란해! 원인이었던 우리가 사실은 이랬다고 밝혀지면 분명 분위기가 심각해질 거라고!"

"그건 기꺼이 감수하라고."

"좀 봐줘~."

타카사키가 손을 짝 맞대며 고개를 숙였다.

"언젠가 모두에게 사정을 말할게! 하지만 다투기 시작하자

마자 바로 털어놓는 건 역시 좀 그렇잖아! 조금만 기다려줘!"

그렇게 부탁해도 말이지—.

실제로 고생하는 사람도 있으니까, 가볍게 넘어가줄 생각은 안 드는데?

"민폐 끼치는 건 우리에게만이 아니라 우리 반 전원이잖아. 타카사키가 잠깐 고개 숙여서 끝난다면 그걸로 넘어가자고."

"내가 고개 숙이는 걸로 끝난다면 상관없지만, 그걸로 카오리가—."

"자키. 이제 괜찮아."

여전히 달라붙으려던 타카사키의 어깨 위에 스즈야의 손이 올라갔다.

"무리하게 부탁해서 미안. 두 사람한테도 폐를 끼쳤으니까 우리가 제대로 사과할게. 하지만, 하나만 부탁해도 될까?"

스즈야는 우리에게 꾸벅 고개를 숙였다.

"이번 일, 내가 잘못했다는 걸로 해줘!"

"뭐?! 어째서? 카오리가 잘못한 건 없잖아!"

"이래 봬도 친구는 많은 편이니까, 내 탓으로 하더라도 괜찮아."

"그럼 내가 더 괜찮아. 육상부의 에이스 타카사키 님이라고?"

"에이스라니, 거짓말은~."

"아무튼, 내 탓이니까 니시무라, 그런 걸로 해줘."
"아냐, 내 잘못이야. 모두에게는 그렇게 말해줘."
"아니, 내가."
"내가—."
타카사키와 스즈야가 둘이서 책임을 떠안고 나섰다.
아아…… 왠지 우리 잘못인 것 같은 분위기가 됐네…….
"여기서, 『그럼 제 탓이네요!』라고 말했다가는……."
"『네네~ 아무쪼록…….』 식으로 가지 않을까?"
"그렇겠죠?"
아코는 천천히 한숨을 내쉬고는 못마땅하게, 정말로 본의가 아니라는 표정으로 말했다.
"……알았어요. 조금만 참을게요. 하지만, 조금만이에요?"
"정말이야?! 고마워!"
"아코가 그렇게 말한다면 어쩔 수 없나."
"미안해. 다들 조금 진정하면 꼭 우리가 말할게."
"가능한 한 빨리 부탁드려요."
"이야~, 땡큐! 역시 가져야할 건 절친이라니까!"
"누가 절친이야—."
내 절친은 세 명밖에 없다고.

"서로 조심해서 돌아가자."
"그래그래."

미소 짓는 두 사람과 헤어져서 아코와 모래사장에 앉았다.
“대체 뭔지…….”
“기운이 빠져버렸어요…….”
반 아이들 전원이 말려든 것 치고는 정말로 아무래도 좋은 이야기였다.
상관없는 사람들이 싸우고 있을 뿐, 중심인 두 사람은 그럴 생각이 없었으니까.
“참는다고 했는데, 정말 괜찮겠어? 내일부터 또 같은 생활이 이어지는데.”
“괜찮지 않아요. 괜찮지는 않지만, 서로를 필사적으로 지켜주려는 모습을 보니까, 아무래도…….”
“그렇긴 하지.”
자기변호를 위해서였다면 모른다며 내쳤겠지만, 소중한 상대를 위해서 꼭 부탁한다고 하니까 좀처럼 거절하기 힘들었다.
“스즈야의 마음, 조금 이해가 가요.”
“……뭐, 나도 타카사키 같은 처지였다면 필사적으로 부탁했을 거야.”
자신을 위해서가 아니라, 아코를 위해서.
“게다가 스즈야는 루시안을 나쁘게 말하지 않았던 사람이라서…….”
“어…… 아아, 그때?”

나를 디스하던 치사토(아마도)를 은근슬쩍 막으려던 사람이었나.

"그렇구나. 아코의 친구였구나."

친구를 위해 참으려고 한 건가. 그게 중요하지.

"아뇨아뇨, 그런 건 아니에요."

"아니야?"

저쪽은 친구라고 생각하는 모양이던데?

"사실은, 『저하고는 상관없어요, 곤란해요 그만둬주세요!』라고 말하고 싶은 마음이 굴뚝같았어요. 하지만, 보통은 그렇게 말하지 않을 것 같아서요."

"보통……이라……."

아코가 「보통 이렇게 하지 않을까」라고 말하는 건 처음 들은 것 같다.

"역시 리얼충의 정석대로라면 분위기를 읽어야 하지 않을까 해서요."

"좋은 일이잖아."

반의 분위기를 읽고, 풍파를 일으키지 않게 살아간다.

현대 고등학생의 처세술이다.

하지만, 아코답지는 않다. 전혀 완전히 요만큼도 아코답지 않다.

"하지만, 제 플레이 스타일과는 다른 것 같아요. 어쩔 수 없으니까 참았지만…… 우우……."

아코는 힐끔 나를 올려다봤다.

"루시안은 이런, 제가 평범한 여자아이처럼 되기를 바라나요?"

"……어?"

생각지도 못한 말에 순간 생각이 정지됐다.

"『평범한 아이가, 참인간이 되어라~』라고 했잖아요."

"확실히 언제나 하는 소리지만……."

요즘에도 아코에게 몇 번이나 들려줬고.

그럼 뭐야. 아코가 마지못해 리얼충이 된 것도, 반의 분위기를 읽은 것도, 아코답지 않는 인내심을 보이는 것도, 내 희망이 있었기 때문인 거야?

나를 위해서 줄곧 노력했던 거야?

그런데 현실에서는 싸운 척을 하게 됐고, 게임 안에서는 자기라고 생각할 수 없는 캐릭터를 써서—.

그래서 점점 스트레스가— 아니, 그렇게 된 거였어?

"내가 그런 말을 해서 이런 무리를 하고 있었어? 아니, 딱히 그렇게까지는……."

"아뇨아뇨. 이 기회에 리얼충이 될 수 있을지도, 라고 생각해서요. 기왕이면 루시안의 희망에 응해주고 싶잖아요!"

아코는 가벼운 말투로 말하면서 내 얼굴을 들여다봤다.

"루시안은, 리얼충처럼 지내는 제가 더 좋으신가요?"

"그건……."

곤란하게도, 나는 그리 가볍게 대답할 수 없었다.

"……어려운, 질문이야. 확실히 평범해졌으면 좋겠다고는 생각해. 생각하지만……."

아코가 평범해졌으면 좋겠고, 조금 더 제대로 된 아이가 되어줬으면 하고 바란다.

그건 거짓말이 아니다. 아니지만—

"그렇다고 해서, 아코가 아니게 되기를 바란 적은, 없어."

"제가, 아니게 된다고요……?"

"그래. 나는 어디까지나 아코 그대로인 아코를 좋아하니까."

"제 그대로인, 저를…… 좋아…… 좋아…… 좋아……."

아코는 내 말을 곱씹으면서 우물쭈물하고는—.

"……푸슈욱—."

앗! 아코의 머리에서 연기가!

"어려운 소리를 해서 미안! 나도 잘 말할 수가 없어."

"괜찮아요. 잘 모르겠지만, 그래도 왠지—."

아코는 살짝 뺨을 붉혔다.

"루시안의, 애정을 느꼈으니까요!"

"……응. 뭐, 틀린 말은 아니지."

내가 좋아하는 건, 아코니까.

"오랜만에 애정이 가득 담긴 느낌이 들어요!"

"요즘은 이런 이야기를 한 적이 없으니까."

"제가 리얼충이 되려고 하는 바람에…… 죄송해요. 루시안."

"아코 탓은 전혀 아니거든? 그보다 나는 딱히 그 정도의 거리감이라도 괜찮—."

부정하려다가 말이 막혔다.

누가 보는 것도 아니니까, 굳이 폼 잡을 필요도 없나.

"—괜찮지는, 않나? 아코와 함께 있을 수 없는 건 쓸쓸하니까."

무심코 괴롭다는 말이 입 밖으로 나올 정도로는— 아니, 괴롭다.

"그렇죠!"

내 품에 안긴 아코는 내게 얼굴을 스윽 갖다 댔다.

"루시안. 나는 괜찮아~ 라고 했지만, 역시 쓸쓸했던 거네요!"

"일단 말해두는데, 언제나 달라붙고 싶다는 건 아니거든?"

"역시 부부는 언제나 함께 있는 게 최고네요!"

"안 듣고 있잖아! 말하는 게 아니었어!"

조금이라도 부끄러운 말을 해주면 금방 들뜨는 녀석이라는 걸 잊고 있었어!

"슬슬 입적 시기도 생각해야 할 것 같네요!"

"부부인데 입적 시기라고 말하는 시점에서 터무니없는 모순이거든?!"

"모순을 해결하기 위한 입적인데요?"

"잘못된 방향으로 맞추는 건 그만두자!"

부탁이니까, 연인부터 시작하는 데 동의해주지 않을래?!

아코가 알았다고 말해준다면 그날부터 즐거운 생활이 시작된다고!

"……하아."

그때, 아코의 텐션이 갑자기 내려갔다.

"학교에서는 이렇게 보낼 수가 없네요."

"……그러게."

부부 취급은 싫지만, 전혀 이야기를 못하는 것도 쓸쓸하다.

"아코 정도는 아니지만, 그 분위기를 전부 박살내고 싶기는 하네."

"저도 그렇게 생각하지만, 왠지 지금까지처럼 간단히 할 수는 없어서요."

우우, 하고 아코가 발밑의 모래를 꾸깃꾸깃 눌렀다.

"아는 사람이 늘고, 대화하는 사람이 늘고, 신경 써야 하는 사람이 늘고…… 그랬더니 생각만 점점 늘어나고, 큰일도 늘고, 해야만 하는 일도, 참아야 하는 일도 늘어나서……."

"굴레라는 녀석이네."

인간관계는 어렵다니까.

"루시안. 친구가 늘어나는 건, 정말로 좋은 일인가요?"

"글쎄다……."

나도 아키야마처럼 친구 100명을 만든 적은 없으니까.

"아코에게는 첫 경험이니까, 모르는 것도 어쩔 수 없지. 천천히 생각하자."

"천천히, 말인가요."

그래, 천천히. 조바심 낼 일도 아니고.

"단지, 말이지. 나를 위해서라고 생각하지 말고, 아코가 하고 싶은 대로 해나가는 편이 기쁠 것 같아."

"……네. 알겠어요."

고개를 끄덕인 아코가 일어났다.

바닷바람에 젖은 머리를 살짝 젖히자, 바다와 아코의 냄새가 섞인 그리운 향기가 났다.

"그런데 루시안."

"응?"

아직 일어서지 않고 앉아있던 내게 아코가 휴대전화 화면을 보여줬다.

"엄마가 벌써 저녁 먹을 시간이 지났다고 메시지를 보냈어요."

"우왓! 벌써 그런 시간인가."

그러고 보니 해도 저물어서 해안이 꽤 어두워졌다.

돌아가는 데도 시간이 걸리는데 느긋하게 있을 때가 아니었다.

"미안. 집까지 데려다줄게. 나도 사과할 테니까."

"사과할 일은 전혀 아닌데요? 뭣하면 루시안도 데리고 돌아오라고 적혀 있었어요."

"나랑 같이 있는 게 전제냐!"

그분은 변함이 없네!

††† ††† †††

“그러니까, 타카사키와 스즈야는 그냥 화해했다더라.”

부실에서 내가 설명하자 세가와는 납득한 얼굴로 끄덕였다.

“아하~ 카오리가 뭔가 숨기고 있다 했더니만, 그런 거였네.”

“말해줬으면 좋았을 텐데.”

세가와와 아키야마가 서운하다는 표정을 지었다.

마스터는 말하기 어렵다는 표정으로 말했다.

“그 스즈야 씨는 반 내부에서 폭로되지 않기를 바란 것 아니냐? 최대파벌의 주력을 맡고 있는 이 두 사람에게 이야기해서는 무의미한 것 같다만.”

“그야—.”

어떤 의미에서는 폭로한 거나 다름없는 일이긴 하다.

“저희는, 길드 안에서는 숨기고 싶지 않으니까요!”

“그, 그러냐.”

반에서 대대적으로 밝히지는 않지만, 그렇다고 해서 동료한테까지 숨기고 싶지는 않다.

그건 역시 신뢰도의 차이입니다.

“두 사람이라면 나쁘게 다루지는 않을 테니까.”

“뭐, 남녀 간의 사이가 나쁘다고 해서 뭔가 문제가 있는 것도 아니고, 카오리를 나쁘다고 몰아세워서 이야기를 끝내고 싶지는 않지만……."

"하지만 조만간 수학여행도 있으니까, 최악이라도 구기대회까지는 매듭을 지어놔야지. 응, 나 잠깐 갔다 올게!"

"갔다 온다니…… 잠깐—."

아키야마한테 책임이 있는 건 아니거든?!

아아, 가버렸다…….

"일부러 부원까지 됐는데 갑자기 출석률이 떨어졌군."

"현실이 큰일이니 어쩔 수 없잖아."

"저희도 도와주는 편이 나을까요?"

"도와주는 거라면 상관없지만, 아코 네가 뭘 할 수 있다고……."

"아무것도 못할 것 같기는 하지만요!"

우리한테는 엄청 서투른 분야의 문제니까!

"하지만 상담 정도는 들어줄 수도 있는데……."

"아, 그건 오해야."

세가와가 팔랑팔랑 손을 흔들었다.

"말해두는데, 나나코는 우리를 엄청 신뢰하고 있어."

"그런가? 아무 부탁도 들은 적이 없다만."

마스터가 눈살을 찡그리자, 세가와는 쓴웃음을 지으며 말했다.

"애초에 반이 분열돼서 곤란하다는 상담을 남한테 하는 애가 아니야. 언제나 고민이나 곤란한 일은 전혀 없다는 표정을 지으면서 모두한테는 완벽한 인간처럼 보이고 있으니까."

"아니, 저 굉장한 것 같으면서도 어딘가 빠져 보이는 사람이 완벽초인일 리가 없잖아."

"굉장하지만, 평범하게 실수하기도 하잖아요."

"그런 모습을 보여주는 시점에서, 쟤 나름대로 마음을 터놓고 있는 거야."

거기서 말을 잠깐 끊은 세가와는 창밖으로 시선을 돌렸다.

그리고 조금 아쉽다는 듯이, 하지만 왠지 강한 말투로 말했다.

"좀 더 의지해줬으면 좋겠다는 생각은 나도 하지만."

"음. 부장이자 길마이자 학생회장인 나로서는 좀 더 의지해줬으면 할 따름이다."

"마스터가 엄청 서투른 분야인데요."

"크…… 하지만 내가 진심으로 임하면 이 정도의 문제는 간단히 해결할 수 있다만?"

"그래그래, 굉장해 굉장해."

"이 대우를 봐라."

마스터가 시무룩해졌다.

마스터야 믿고 있고 의지도 하지만, 그건 그거다.

"뭐, 부활동도 부활동에서 해야 할 게 있으니까. 빨리 레벨 올리자. 이제 조금밖에 안 남았잖아."

"음. 별 달린 아코를 할 의욕은 생겼나?"

"으음, 하루 안 해서 그런지 게임을 하고 싶다는 기분은 들어요."

"그럼 잘 됐군. 시작하자!"

하루 만에 사냥을 스타트했다.

레벨도 25까지 올라서 어색하게나마 나름대로 연계를 취할 수 있게 되었다.

"스켈 씨 5, 레이스 2에요."

"뭉쳐있는 스켈 씨 춤추게 할게."

"나는 아코와 타깃을 맞추마."

"마방 버프 돌릴 테니까 아코도 공격 많이 해줘."

"아아앗! 마법 가드 타이밍을 모르겠어요!"

"괜찮아. 나를 믿고 기꺼이 얻어맞아!"

"이영차! 허슬 허슬!"

"그건 다른 춤이잖아!"

지하묘지 던전을 느긋하게 공략했다.

딱히 문제는 없었고, 대화할 여유까지 있을 정도였다.

"아, 레벨 올랐어요."

"축하."

"스테이터스는…… 다음은 VIT에 투자하는 거였나요?"

"공격력을 목적으로 최종 스텟에 필요한 STR를 먼저 올렸으니까. 나머지는 기본적으로 VIT만 올려두면 문제없어."

"네~."

아코가 톡톡 스테이터스를 올렸다.

"아무런 문제없는 능력치네요."

"아코답지 않아?"

"으~음, 역시 저는 아니지만…… 하지만 뭔가, 다른 표현이 있는 듯한……."

이러니저러니 해도 익숙해지지는 않은 채, 레벨 29까지 왔다.

이제 한 번만 더 올리면 30이 된다.

"30이 되면 보너스 박스 받을 수 있겠네."

"랜덤 인첸 기대된다~."

"기왕이니 스마이팅 나왔으면 좋겠어."

"안 나와. 그건 보스 레어잖아."

"가능성으로 보면 나온다고 하더군."

"진짜로?! 끓어오르는데!"

보너스를 향한 기대가 높아졌다.

그걸 위해 레벨을 올리고 있었으니까.

"30이 되면 이 아이와도 이별이네요."

아코는 ☆아코☆를 꽤나 건조하게 다루고 있네.

가능하면 이별하기 전까지 애착을 가졌으면 했지만, 어렵나…….

"버그 쪽은 어때?"

"운영진은 다음 정기 점검에서 고칠 예정이라고 말하고 있다."
"예정은 미정이지만…… 고쳐지면 좋겠네."
변함없이 세가와의 언동은 조금 다정했다.
"그래도 일주일 정도면 고쳐질 거라 생각한다만."
"2주일이나 3주일이 지나면 레벨 30보다 더 올라가버리니까."
"제가 돌아오는 거 기대돼요!"
"그럼 바로 30으로 올려버리자."
"저 적 무리를 향해 가요!"
"기다려, 아코. 저거 조금 뭉쳐 있으니까 겉보기보다 많다고."
"아파요오오오오!"
아아, 정말. 말하기가 무섭게!

부활동 중에는 레벨 30이 되지 못했지만, 남은 경험치는 조금밖에 없다.
밤에 집에서 플레이하자 바로 레벨이 올랐다.
◆☆아코☆ : 레벨 30이에요!
◆슈 : 축하해. 끝났네☆
◆†애플리코트† : 축하한다.
◆루시안' : 축하축하.
◆미코냥 : 축하~
◆에클레어 : 축하
주변에 있던 다른 플레이어들까지 축하해주었다.

반의 분위기는 차갑지만, 요즘에는 게임 속이 따스하다.

◆슈 : 이걸로 전원 박스 얻을 수 있겠네. 다들 축하해☆

◆루시안' : 그 캐릭터 마지막까지 익숙해지지 않았네.

◆슈 : 루시안도 참 쑥스러워하기는♪ 내가 귀여워서 견딜 수 없었으면서☆

◆루시안' : 그 정도로 해두라고 돼지공주.

◆슈 : 지금은 내가 잘못했어.

롤 플레이에서도 해도 되는 말과 안 되는 말이 있습니다.

보너스 아이템은 1회용 소비 아이템이 기본이지만 이그물이나 고가의 포션이 약간, 전체 채팅을 할 수 있는 과금 소비 아이템 같은 것도 들어 있었다.

그리고 메인 물품이 이거—.

◆루시안' : 랜덤 인첸트 스크롤!

더블 클릭해서 사용하면 랜덤으로 어떤 인첸트 스크롤이 되는 아이템.

이걸 갖고 싶어서 레벨을 올렸단 말이지.

◆슈 : 나부터 쓸게.

데데데뎅! 하는 효과음이 들린 후, 두두두두두두두두두두 하는 드럼음이 났다.

그리고 짠! 하는 효과음과 함께, 세가와에게 아이템이 떨어졌다.

◆슈 : 내 건…….

슈는 뭔가 말하기 힘들다는 듯이 침묵해버렸다.

◆☆아코☆ : 뭐였나요?

◆슈 : ……라이어.

◆☆아코☆ : 라이어?

◆루시안' : 라이어라, 나쁘지 않잖아.

◆†애플리코트† : 무기에 장착하는 인첸트다. 상태이상을 부여하는 스킬의 성공률을 올리는 효과가 있지.

그럭저럭 레어한 인첸트고, 공성전 등에서도 수요가 있어서 버그가 고쳐지면 팔 수 있을 테니 꽤 괜찮게 뽑았다고 생각한다.

◆슈 : 인첸트 자체는 좋지만, 이 캐릭터가 거짓말쟁이라고 하는 것 같아서 왠지 거북하네.

아니 뭐, 거짓말 같은 거라고 생각하는데.

◆†애플리코트† : 그럼 이번엔 내가.

이번에는 마스터가 썼다.

다시 드럼음이 울리더니 짠! 하고 확정됐다.

◆†애플리코트† : 음.

◆†애플리코트† : ㅋㅋㅋ

◆슈 : 왜 웃어~?

◆†애플리코트† : 설마 여기서 뽑을 줄이야, 라고 생각해서 말이다ㅋ

마스터가 이렇게 폭소하는 것도 드물다. 뭐가 나온 거지?

◆루시안' : 뭐가 나왔는데?

◆†애플리코트† : 포와링 버스터다.

◆루시안' : 포와버스냐고ㅋ

◆슈 : 랜스크 써서 나온 게 포와버스라니 안타깝네.

포와링 버스터는 포와링종에게 특공 대미지를 가하는 인첸트다.

포와링 버스터 투 핸드 소드! 같은 무기를 만들 수 있다.

상대가 포와링 한정이라서 적용되는 상대가 엄청 적긴 하지만.

◆루시안' : 엠퍼 상대로 쓸 수밖에 없겠네.

◆†애플리코트† : 그건 그렇고 팔지는 못하겠군. 이 무기에 달아버리자.

번쩍 빛나더니, 마스터의 활에 약간 희미한 빛이 깃들었다.

이 자리에서 바로 썼는지, 쓸데없이 포와링에게 강한 활이 완성됐다.

◆†애플리코트† : 문제는 강화를 해야 하나 그거군.

◆루시안' : 하지 말라고.

쓸데없는 무기 중의 쓸데없는 무기잖아.

인첸트를 했는데도 이펙트가 수수한 시점에서 약하다는 게 전해져온다.

◆슈 : 아코는 어쩔 거야?

◆☆아코☆ : 써볼게요!

두두두두두두두두두둥! 짠!

◆☆아코☆ : 인연, 이네요.

◆루시안' : 아아, 인연인가~.

◆†애플리코트† : 무기에 다는 인첸트로, 회복력이 오르는 거였던가.

아코용이라면 아코용 인첸트다.

당첨이라면 당첨이지만.

◆슈 : 하지만 효과가 낮지 않았어?

◆루시안' : 맞아. 자애의 지팡이의 기본 효과가 더 강해.

◆슈 : 자애는 인첸트 불가니까, 자애가 없으면 괜찮지 않아?

◆루시안' : 일부터 다른 지팡이에 인첸트할 정도의 효과는 아니니까.

◆☆아코☆ : 순순히 힐러로 돌아가라는 게 아닐까요.

부, 부정할 수 없다.

◆☆아코☆ : 마지막은 루시안이네요?

◆루시안' : 좋아, 뽑아볼게!

스마이팅 나와라! 라고 바라면서 더블 클릭.

두두두두두두두두두둥— 짠!

효과음과 함께 화면 중앙에 스크롤이 표시되었다.

나온 것은…… 아아, 이거냐…… 이건 아니지…….

◆루시안' : 진짜냐…….

◆슈 : 뭔데?

◆루시안' : ……핑크 스타.

◆슈 : 너ㅋㅋㅋ 또ㅋㅋㅋ

◆†애플리코트† : 인연이 깊은 인첸트로군ㅋ 노리고 뽑은 거냐ㅋ

◆루시안' : 안 노렸어ㅋ

뭐가 슬퍼서 이런 의미도 없는 인첸트를 뽑아야 하는 거냐고ㅋ

이걸 뽑고 좋아하는 녀석은 아코 정도밖에는…….

그러고 보니, 하고 아코를 보자—.

◆☆아코☆ : ……제 핑크 스타.

나를 빤히 바라보며 그렇게 말했다.

아니아니, 내 거거든? 하지만, 맞다.

◆루시안' : 옛날에 아코한테 줬던 거네.

아코가 언제나 쓰고 있는 핑크 스타의 반짝반짝 지팡이.

그건 평범한 지팡이에 핑크 스타와 반짝반짝이라는 두 종류의 인첸트를 장착한 장비다.

효과는 핑크색 별이 나오는 것과, 반짝☆하고 빛나는 것, 이상.

겉모습이 귀엽다며 애용했고, 레벨 100이 되어서까지 계속 쓰고 있었다.

◆슈 : 이것도 운명일까?

◆루시안' : 싫은 운명인데.

차라리 저주 아닐까?

◆루시안' : 좋아. 저주라면 도망치기 위해 버릴까!

◆☆아코☆ : 에에에에에엑?!

아코가 머리 위에 『!』 마크를 띄웠다.

◆☆아코☆ : 버리는 건가요?!

◆루시안' : 그치만 쓸 용도가 없잖아.

◆☆아코☆ : 쓸 용도는 있어요! 핑크색 별이 나오잖아요!

◆루시안' : 그걸 바로 쓸 용도가 없다고 하는 거야.

◆슈 : 없네.

◆☆아코☆ : 그럴 수가~.

그럴 수가~ 라고 말하면서도 그다지 가치가 없다는 건 알고 있는 모양이다.

그때 아코가 저요! 하고 손을 뻗었다.

◆☆아코☆ : 그럼 저한테 주세요!

◆루시안' : 상관은 없지만, 뭐에 쓸 건데?

◆☆아코☆ : 그게…… 이 방패에 달래요.

방패는 일단 『서브 무기』 취급이니까 무기 인첸트도 달 수 있지만, 탱커의 상징인 방패에 핑크 스타 같은 인첸트를 달아도 되는 걸까.

하지만, 아코가 『☆아코☆』를 쓸 때 부탁을 하는 건 드물었으니까.

◆루시안' : 그럼…… 자.

아코에게 거래창을 띄워서 핑크 스타 인첸트 스크롤을 건네줬다.

보답으로 인연 스크롤이 돌아왔다.

왠지 이득을 보긴 했는데, 이거 받아도 괜찮아?

◆☆아코☆ : 감사합니다. 달게요.

아코의 방패에 화악 빛이 들어왔다.

아코가 약간 빛나는 방패를 휘두르자 핑크색 별이 춤췄다.

◆†애플리코트† : 이 얼마나 쓸데없는 효과인가.

◆슈 : 의미 없네.

◆루시안' : 하지만 조금 아코다워진 기분도 들어.

이상한 걸 쓰는 모습이 아코답다는, 아코의 슬픈 이미지였다.

◆☆아코☆ : ……으~음.

아코는 뭔가 불만스러운 듯이 방패를 붕붕 휘둘렀다.

◆☆아코☆ : 저답게 되긴 했지만, 왠지 부족한 것 같아요.

◆†애플리코트† : 흠.

◆슈 : 부족하다는 소리는, 역시.

◆☆아코☆ : 핑크색 별이 나오기만 하는 게 아니라, 반짝☆ 빛나야죠!

역시 그거냐.

뭐, 핑크 스타만으로는 조금 수수하니까. 쓸데없는 효과인데 이펙트가 수수하다니, 이래서는 정말로 무의미하니까

기왕 시작했으면 끝까지 가고 싶다.

◆루시안' : 그럼 반짝반짝도 달까?

◆☆아코☆ : 괜찮나요?

◆루시안' : 그냥 좋아하는 무기를 쓰면 돼. 평소에도 억지로 싫어하는 무기를 들게 시키지는 않았잖아?

특히 레벨링 도중의 무기는 정말로 취향 따라 쓰면 된다고.

이 캐릭터, 레벨 30 이후에는 쓰지 않을 가능성도 있으니까.

◆루시안' : 게다가, 이걸로 ☆아코☆도 아코라고 생각할 수 있을지도 모르니까.

◆☆아코☆ : 그럴지도 모르겠네요!

고개를 끄덕인 아코가 방패를 휘둘렀다.

인첸트를 해서 다소 익숙해진 걸지도 모른다.

◆루시안' : 그럼 사러 갈까.

◆†애플리코트† : 팔기는 하나?

◆슈 : 일단은 경매장이네.

경매장에 가서 반짝반짝 인첸트 스크롤을 검색했다.

응, 곧바로 결과가 나왔다. 해당 건수 0.

◆루시안' : 없네.

◆☆아코☆ : 안 파네요.

◆슈 : 노점에 팔지도 모르잖아?

◆†애플리코트† : 돌아봤다만, 수도에는 팔지 않더군.

수도에서 돌아온 마스터가 식은땀 감정표현을 꺼내며 말

했다.

◆†애플리코트† : 창고도 열리지 않고, 레벨 100 이상의 캐릭터도 쓸 수 없다. 개그 인첸트를 팔 여유는 없는 걸지도 모르지.

◆루시안' : 그렇겠지.

용도가 없는 아이템은 시장이 포화되지 않는 한 팔지 않는단 말이지.

◆☆아코☆ : 그럼 어떻게 해야…….

◆슈 : 음~, 얻으러 가는 건 어때?

◆루시안' : 어디서 얻을 수 있는지 나도 모르는데?

◆†애플리코트† : 아무래도 퀘스트 입수인 모양이군.

마스터가 공략을 봤나 보다.

호오, 인첸트가 퀘스트로 손에 들어오다니 꽤 드문데?

아이템을 입수하는 퀘스트는 물론 있지만, 인첸트는 실용적인 소비 아이템이기 때문에 그리 자주 있지는 않다.

그냥 겉보기만 변하는 인첸트니까 특수한 걸까?

◆루시안' : 무슨 퀘인데?

◆†애플리코트† : 방어 퀘스트로군. 덮쳐오는 적에게서 방어대상을 지키기만 하면 클리어다.

◆루시안' : 그렇군 그렇군.

◆슈 : 퀘 이름은?

◆†애플리코트† : 포와링 왕국 방어 퀘스트다.

에엑?!

포와링 섬.

넓은 호수에 떠 있는 포와링을 본뜬 형태의 섬이다.

섬 각지에 포와링종 몬스터가 들끓고, 포와링 킹이 사는 포와링 성이 우뚝 솟아 있다. 개그 맵이라고 생각하겠지만, 필드 보스인 엔젤 포와링이나 데빌 포와링도 나오기 때문에 은근히 올 만한 곳이다.

우리가 도전하는 포와링 왕국 방어 퀘스트는 포와링 섬을 무대로, 습격해 오는 포와링(줄여서 나쁜링)에게서 착한 포와링들을 지켜주는 퀘스트인데— 아아, 왠지 포와링이 게슈탈트 붕괴하겠어.

아무튼, 이 섬 한가운데 있는 포와링 타운으로 왔다.

덮쳐오지 않는 착한 포와링들이 모여 있는 곳이다.

◆포와링 : 부들부들! 난 나쁜 포와링이 아니야!

◆슈 : 어디서 들어 본 말을 하는 포와링이네.

◆루시안' : 오마주겠지. 분명.

숨길 생각이 없는 것 같기는 하지만.

◆루시안' : 여기서 방어퀘를 받는 거구나.

◆†애플리코트† : 보상은 전부 이펙트 변형계 인첸트. 보수 중 하나가 반짝반짝이다.

◆슈 : 개그 아이템을 받을 수 있는 개그 퀘스트라는 거네.

◆루시안' : 포와링 관련인 시점에서 거의 개그 취급이잖아.

◆☆아코☆ : 개그 아니에요.

개그라니까.

◆슈 : 필요 레벨은 얼마나 되는 퀘야?

◆☆아코☆ : 입수 자체는 1부터 가능하지만, 추천 레벨은 400이네요.

◆루시안' : 생각보다 빡세네.

개그퀘니까 여유라고 생각했더니, 추천 레벨이 꽤 높았다.

◆슈 : 우리라면 괜찮아. 여기까지 열심히 했잖아.

◆루시안' : 괜찮을까~?

◆†애플리코트† :평소의 우리라면 클릭 연타로 클리어할 수 있다고 생각한다만.

아직 초보자 수준, 레벨 30이 네 명 있는 파티로 이길 수 있을까?

◆☆아코☆ : 어려울지도 모르지만, 해보지 않을래요?

아코는 하고 싶은 모양이다.

뭐, 어차피 지금부터 레벨 올릴 의미는 없으니까.

◆루시안' : 오케이. 해보자고.

◆슈 : 내 귀여운 모습을 보여주겠어.

◆†애플리코트† : 포와버스의 힘을 보여주마!

◆☆아코☆ : 감사합니다!

파티 리더인 아코가 곤란한 표정의 포와링에게 말을 걸었다.

퀘스트를 받자 전용 맵으로 이동했고, 약해 보이는 포와링이 모였다.

◆약한링A : 지켜달라링!

◆약한링B : 무서워포와!

◆약한링C : 살려줘포와!

NPC가 도움을 요청한 것과 동시에 포와포와한 광장 입구에서 익숙한 포와링들이 포와포와 덮쳐왔다.

포와와~.

포와와~.

……이거 귀엽네.

◆☆아코☆ : 갑니다포와~!

아코가 포와포와 말하면서 두들겼다. 적 포와링, 나쁜링은 포와앙~! 하고 터졌다.

화살이, 쇠살부채가, 성속성 마법이 쏘아질 때마다 나쁜링들이 포와포와 터져갔다.

◆☆아코☆ : 낙승이네요!

◆슈 : 아코, 긴장 풀면 안 돼. 웨이브제니까 다음에는 좀 더 강한 녀석이 올 거야.

◆☆아코☆ : 웨이브요?

◆루시안' : 타워 디펜스처럼 몇 번이고 몇 번이고 적이 덮쳐온다고.

그걸 계속 막으면서 타깃을 지킨다.

그래서 방어 퀘스트다.

솔직히 게임 안에서는 별로 인기가 없는 타입의 퀘스트다.

방어하기 귀찮으니까.

◆☆아코☆ : 정말이네요. 포포와링이 나왔어요.

이번에는 조금 탁한 색상의 포포와링이 덮쳐왔다.

◆†애플리코트† : 포와링보다 조금 더 강하고, 독도 갖고 있다. 주의해라.

◆루시안' : 독 공격을 조심해.

◆☆아코☆ : 조심하라니, 구체적으로 어떻게 하는데요?!

◆루시안' : 걸리면 내가 치료할게.

◆☆아코☆ : 그럼 어떻게 조심하는 건가요?!

◆슈 : 신경 쓰지 마, 를 잘못 말한 거야ㅋ

◆†애플리코트† : 신 스킬, 트리플 애로우다!

◆☆아코☆ : 타깃이 튀어요!

포와링 버스터의 효과를 쓸데없이 발휘하고 있는 모양이다.

2웨이브도 클리어.

◆슈 : 다음이네. 힘내.

◆☆아코☆ : 포포포와링이 왔어요!

◆슈 : 그럼 다음에는 포포포포와링이야?

◆†애플리코트† : 아니, 포포 시리즈는 포포포와링까지밖에 존재하지 않는다.

포와링을 잘 모르게 됐어!

◆☆아코☆ : 포포포포포!

아코의 샤우트로 타깃이 모이니까, 그걸 쓰러트리기만 하면 되는데 말이지.

◆☆아코☆ : 포포포포포포포포와링이 많아요! 저릿해요!

◆슈 : 포 숫자가 많잖아!

마비 특수 공격이 있는 포포포와링이 달라붙자 아코는 제대로 움직이지 못했다.

◆루시안' : 괜찮아, 내가 마비를 치료해줄 테니까!

◆☆아코☆ : 치료받아도 바로 마비가 또 와요!

◆루시안' : 마비 사이에 무조건 샤우트를 때려 박는 거야! 연타 연타!

◆☆아코☆ : 어, 어흥!

아코는 열심히 샤우트를 하려고 했지만, 좀처럼 잘 되지 않았다.

그리고 적의 타깃이 튀기 시작했다.

◆슈 : 이쪽으로 적이 흘러오고 있는데.

◆†애플리코트† : 무빙샷으로 정리해주마.

◆☆아코☆ : 앗! 포포포와링이 이곳저곳으로! 타깃을 잡을 수가 없어요!

◆루시안' : 다들 흩어지면 안 돼! 아코의 샤우트 범위 안으로 적을 유도하면서—.

그때, 포오오오오오와아아아아아아아아! 라는 수수께끼

의 소리가 들렸다.

뭐지, 무슨 일이야?

◆슈 : 아직 다 잡지도 않았는데 다음이 왔어.

◆루시안' : 에에에에엑?!

◆☆아코☆ : 포와링 킹이에요!

놀랍게도, 수염이 멋진 커다란 포와링이 입구에서 다가왔다.

거짓말! 이 퀘스트, 포와링 킹까지 나와? 일단 보스급인데?

◆†애플리코트† : 먼저 잔챙이들부터다. 한 마리씩 줄이자!

◆☆아코☆ : 하지만 포와링 킹을 때려서 고정시키지 않으면 루시안에게 가버려요!

◆†애플리코트† : 잔챙이들은 무빙샷으로 대응하자!

◆슈 : 다들 힘내~.

포와링 킹이 화난 얼굴로 아코를 덮쳤고, 잔챙이들 중 몇 마리가 마스터에게 향했다.

마스터는 멋진 무빙샷으로 대처했지만, 이동하고 공격하고 또 이동하는 바람에 딜이 떨어졌다. 이래선 좀처럼 쓰러트릴 수 없다.

◆루시안' : 아코, 잔챙이들의 타깃을 되찾을 수 있겠어?

◆☆아코☆ : 마비랑 적의 공격으로 움직일 수 없어요!

해제는 해주고 있지만, 적의 숫자가 너무 많았다.

유일한 딜러인 마스터가 공격을 받고 있어서 적의 숫자가 줄어들지 않는 것이다.

◆†애플리코트† : 윽! 조바심을 내서 공격을 너무 늘렸군. 마비에 잡혀버렸나.

◆슈 : 마스터!

◆†애플리코트† : 끄어어어억!

마스터가 의외로 여유가 있는 느낌으로 쓰러졌고.

◆슈 : 만지는 건 금지야~.

경쾌하게 슈가 죽고.

◆루시안' : 아, MP 떨어졌다.

내가 쓰러지고.

◆☆아코☆ : 힐이 없으면 안 돼요오오오오.

납작하게 뭉개진 아코도 죽었다.

멋들어진 전멸이었다.

◆☆아코☆ : 우우우~.

◆슈 : 멋지게 스러졌네. 다들 수고했어.

◆†애플리코트† : 그러고 보니, 아코 군도 포함한 완전한 전멸은 처음일지도 모르겠군.

◆루시안' : 확실히 ☆아코☆는 처음 죽었으니까.

지금까지는 먼저 도망치거나 후퇴하거나 재정비를 해서 ☆아코☆는 한 번도 죽지 않았다. 아코와 내가 연계를 잘 취했기 때문이겠지, 응.

◆루시안' : 좋아. 돌아가자.

세이브 포인트로 귀환을 클릭.

아직 사람이 많은 칸토르 마을. 우리 네 사람은 그 세이프 포인트로 돌아왔다.

HP가 거의 제로인 동료들에게 깨작깨작 힐을 걸어주던 중―.

◆☆아코☆ : ……저기.

줄곧 우두커니 서 있던 아코가 말했다.

◆루시안' : 왜 그래? 괜찮아?

◆☆아코☆ : 네. 괜찮아요. 괜찮긴 하지만.

잠깐 뜸을 들인 아코가 곧 말을 이었다.

◆☆아코☆ : 이 아이한테 애착이 없다고 생각했었는데.

◆☆아코☆ : 죽어버린 걸 보니까 왠지 쇼크였어요.

◆루시안' : 그러냐.

이러니저러니 해도 정이 들었던 걸까?

◆루시안' : 그 캐릭터도 아코라는 생각이 든 거야?

그렇게 물어보자, 아코는 고개를 붕붕 저었다.

◆☆아코☆ : 아뇨. 저는 아니에요. 그치만 이렇게, 태어났을 때부터 루시안의 어드바이스를 한껏 받아서, 제대로 자란 저는, 제가…….

아코는 거기서 채팅을 끊고, 번쩍 하고 뭔가 번뜩였다는 감정표현을 꺼냈다.

이 타이밍에 대체 뭘 떠올린 건데?!

◆☆아코☆ : 그래요! 알아냈어요! 이 아이는 제가 아니에요!

◆루시안' : 뭐, 뭐야? 왜 그래?!

아코는 갑자기 움직이더니 내 옆에 다가와서 하트 마크를 연타하며 말했다.

◆☆아코☆ : 이 아이는 제가 아니라— 우리의 딸인 거예요!

…….

◆루시안' : 예?

◆☆아코☆ : 이 아이는 우리 딸이라고요!

◆루시안' : 그건 이미 들었거든?!

딸?! 우리라니, 나랑 아코라는 뜻이야?

뭔가 다른 존재 같다고 하긴 했지만, 딸?

◆슈 : 으잉? 너희 어느새 그런 어른의 관계까지 갔었어?

◆†애플리코트† : 언젠가는, 이라고 생각했다만, 설마 벌써…….

◆루시안' : 조금도 생각하지 않는 소리 하지 마!

두 사람 다 짓궂은 장난이나 치기는!

◆루시안' : 아코, 일단 설명해줘.

설명을 부탁하자, 아코는 눈을 빛내며 말했다.

◆☆아코☆ : 그치만 생각해보세요. 태어났을 때부터 루시안에게 가르침을 받고, 탱커로서 완벽한 스테이터스와 스킬을 가졌고.

◆☆아코☆ : 하지만 겉모습은 저랑 닮았고, 장비나 인첸트를 고르는 것도 저랑 똑같잖아요! 저희 두 사람을 아주 닮은

여자아이에요!

아코는 단숨에 채팅을 치고는 포즈를 척 잡으며 단언했다.

◆☆아코☆ : 이건 이미 우리 딸이잖아요!

◆루시안' : 장문을 쳤는데 미안하지만, 네가 무슨 소리를 하는 건지 전혀 모르겠어.

◆☆아코☆ : 에에에에엑?!

아이는 그렇게 간단히 만들 수 없습니다! 라고 강하게 주장하고 싶었다.

하지만 옆에서 다가온 세가와가 힘차게 끄덕였다.

◆슈 : 나는 알 것 같아!

그리고는 아코와 굳게 악수를 나누는 감정표현을 꺼내며 말했다.

◆슈 : 그런 설정, 괜찮다고 생각해!

◆☆아코☆ : 이해해 주셨나요!

◆슈 : 아기는 황새가 날라주는 거니까☆

거기서 아이돌다움을 보일 필요 없거든?!

◆루시안' : 애초에 말이지, 설정이라는 이야기라면 상관없지만! 아코가 말하는 게 과연 그런 의미일까?!

◆☆아코☆ : 알고 있어요. 저희한테는 아직 아이가 없지만…….

아코는 싱글벙글 웃으며 말했다.

◆☆아코☆ : 딸은 이런 아이로 길러요.

◆루시안' : 아아아아아정마아아아아아알!

◆루시안' : 결혼 이후까지 가지 말라고오오오오오오!

나는 모니터 앞에서 머리를 감싸 쥐었다.

결혼조차도 인정하지 않았는데, 혼자서 점점 앞서가고 있잖아!

먼저 그 이전 퀘스트를 하자고…… 평범한 연애를 하자니까? 이야기는 거기서부터라고!

◆☆아코☆ : 과연 그렇군요. 딸이니까 자신이라고 생각하지 못했던 거예요. 납득했어요.

◆☆아코☆ : 아아, 제대로 된 스테이터스도 루시안과 닮았다고 생각하니, 왠지 갑자기 이 아이가 사랑스럽게 보이네요.

◆루시안' : 네가 그걸로 괜찮다면 상관없지만…….

아코가 엄청 즐거워 보이니까 찬물을 끼얹는 소리는 하지 않겠지만…….

◆☆아코☆ : 지금까지 차갑게 대해서 미안해. 별아코.

아코가 싱글벙글 웃으며 말을 걸었다.

자기 딸에게 자기 이름을 붙이는 건 아무리 그래도 특이한 이름을 지어주는 정도의 레벨이 아닌데…….

◆슈 : 으음. 아코도 괜찮은 느낌으로 익숙해졌고, 이걸로 육성을 끝낼까?

◆†애플리코트† : 확 다가오지 않는 결말이지만, 마무리는 됐을지도 모르겠군.

세가와와 마스터가 떨떠름하게 말했다.

그러네. 아코가 서브 캐릭터를 좋아하지 않는다는 문제도 해결됐고, 나머지는 메인을 기다릴 뿐이다.

◆☆아코☆ : 기다려주세요.

그러나 아코가 크게 손을 들며 말했다.

◆☆아코☆ : 저희 딸에게 핑크 스타의 반짝반짝 실드를 들게 해주고 싶어요!

◆슈 : 지금의 우리한테는 힘든 퀘라고 생각하는데, 포기 안 해?

◆☆아코☆ : 저를 위해서라면 딱히 상관없지만…….

아코는 주먹을 꽉 쥐고는 진심어린 마음을 채팅에 실어서 말했다.

◆☆아코☆ : 하지만 딸을 위해서니까! 도와주세요! (진심)

그렇게 말하며 고개를 숙였다.

채팅에 (진심)이라고 적었으니까 분명 진심이라고 생각합니다.

퀘스트는 레벨차가 크게 나니까 솔직히 어렵다고 생각한다.

하지만 동료가 고개를 숙이며 부탁했으니까 내 대답은 하나다.

◆루시안' : 신부(동결)의 부탁이니, 어디 해볼까?

◆☆아코☆ : 감사합니다!

동결된 것도 녹을 듯한, 뜨거운 열이 담긴 채팅이었다.

◆슈 : 아이를 위해 부탁한다는 부분이 맘에 들었어.

슈는 오히려 즐거운 듯이 그 자리에서 빙글빙글 춤췄다.

◆슈 : 아코는 의외로 좋은 엄마가 될 것 같아.

◆루시안' : 그럴지도.

아코가 어머니가 된 이후, 같은 느낌이 드는 사람과 타마키 가에서 자주 보는데, 나는 이길 수 있을 거란 생각이 들지 않더라고.

◆†애플리코트† : 아코 군이 의욕을 낸다면야, 나도 리벤지를 하고 싶다고 생각하고는 있었다.

마스터도 어렴풋이 빛나는 활을 들었다.

◆†애플리코트† : 어중간하게 끝내는 게 납득이 가지 않는다는 이유도 있지만, 그 이상으로, 조금 전의 싸움은 결코 우리의 전력이 아니었을 거다.

마스터는 불만족스럽다는 듯이 우리를 둘러봤다.

◆†애플리코트† : 그런 뒤죽박죽의 싸움이 아니라, 좀 더 할 수 있는 일이 있을 거다. 그렇지?

◆슈 : 그러게. 모든 걸 다 했는데도 졌다고는 생각되지 않아. 나는 전혀 아이돌이 아니었으니까.

◆☆아코☆ : 다들, 감사합니다!

아코는 가자! 하고 주먹을 들어 올리는 감정표현을 꺼낸 뒤—.

◆☆아코☆ : ……오늘은 일단 잘까요?

굉장히 냉정하게, 그렇게 말했다.

왠지 진짜 어머니 같았다.

4장

"레벨 30 군단, 돌격!"

And you thought there is Never a girl online?

다음날 방과 후.

우리는 부실에 모여서 대(對) 포와링 섬 방어 퀘스트 작전 회의를 진행했다.

"그런데, 저희는 왜 졌을까요?"

아코가 화이트보드에 『왜 졌는가?』라고 적었다.

보통은 마스터가 있는 포지션에 아코가 서 있다.

오늘은 의욕이 넘친다는 뜻이다.

"진 이유라니, 그야 레벨 부족, 준비 부족, 아이템 부족 아니야?"

"그렇지."

원래부터 레벨과 장비, 아이템이 있다면 간단히 클리어할 수 있는 퀘스트다.

하지만 그건 우격다짐으로 밀어붙여서 이긴다는 의미에 지나지 않는다.

"저번 도전이 납득할 수 없는 결과로 끝난 건 그런 이유가 아닐 거다."

"그건 그래."

오히려 지금 상태로 레벨을 올리고, 장비를 좋게 맞추고,

아이템을 모아서 억지로 클리어해봤자 전혀 개운해지지 않을 거다.

“연계를 전혀 취하지 못한 채로 호되게 당했으니까 납득이 가지 않는 거겠지.”

“전혀 파티답지 않았어.”

“그럼, 이거네요.”

아코가『다들 허접!』이라며 둥근 글자로 적었다.

“잠깐 말투를…… 뭐, 상관없지만.”

“평소 캐릭터였다면 무의식적인 레벨로 연계를 취했을 것을…….”

마스터가 으음, 하고 팔짱을 꼈다.

“평소와 뭐가 달랐던 걸까요?”

“캐릭터가 다르니까 직업이 다르고 역할이 다르지.”

“전부 다르다는 뜻이야.”

“흐으음.”

아코가『어디가 허접?』이라고 덧붙였다.

마스터가 의장일 때와는 진행하는 방식이 조금 다른 게 재미있다.

“구체적으로 어디가 문제였던 걸까요?”

“딱히 나쁜 움직임을 보이지는 않았어.”

“그렇지. 단일 딜러로서 해야 할 일은 정확히 했을 거다.”

“그야 나도 그렇지만…….”

그래도 동일한 게임을 오랫동안 해왔다.

직업이 바뀌었다고 해서 터무니없는 지뢰 플레이어가 되지는 않았을 거다.

하지만, 반대로 말하면—.

"오히려 그게 문제였다는 기분이 드는걸."

"아, 루시안이 뭔가 좋은 말을 할 것 같아요!"

"먼저 저기 있는 아코 의장을 해임하자."

"죄송해요!"

"정말이지……."

사람이 진지하게 생각하고 있건만.

"그래서, 문제가 뭔데?"

"이런 생각이 들었어. 우리가 해온 전법이, 자기 레벨에 맞지 않았던 것 같아."

"호오?"

"무슨 뜻?"

구체적으로 말하자면—.

"나를 예로 들어서 말하자면, 아코의 회복과 디버프 해제를 확실히 하고, 나한테 타깃이 오면 아코의 샤우트 범위 안으로 적을 유도해서 타깃을 떠넘겼어."

"맞는 행동이잖아. 평소의 아코처럼 멍하니 있다 죽거나, 도망쳐서 대참사가 되는 것보다는 훨씬 제대로 된 힐러야."

"아하하하하, 하지만 루시안은 곧장 구해주니까요."

아코가 웃으며 얼버무리려 했다.

하지만 그게 아니야. 오히려 그렇게 했어야 했어.

"나도 도망쳐야 했어."

"뭐? 어째서?"

"적의 공격을 받은 힐러가 도망치다니 악수의 대명사 아니냐?"

"평소의 루시안은 지를 덮치는 적을 붙들어 줬잖아요."

다들 저마다 항의했다.

"응. 장비가 갖춰진 파티라면 그래야 한다고 생각해. 하지만 우리는 아직 아니야."

마비 내성의 장비를 입고, 필요하다면 만능약도 쓰고, 포션으로 자기 회복을 하는 그런 고레벨 탱커라면 타깃을 떠맡더라도 문제가 없다.

하지만 아코는 아직 장비가 없으니까 연약하고, 창고를 못 쓰니까 포션조차도 귀중하다. 내성 장비? 뭐야, 그거 맛있어? 라는 상태란 말이지.

"포포포와링은 이동속도가 느리니까, 도망치면 대미지는 받지 않잖아? 그러니까 나는 적을 스스로 끌어당겨서 몰고 다니며 무빙힐을 했어야 했던 거야. 그러면 아코의 부담도 훨씬 줄었겠지."

"아아, 그럴 수도 있긴 하네."

"하지만 탱커에게서 흘러나온 적에게 공격을 받아서 필사적으로 도망치며 힐을 하는 건…… 꽤나 한심한 움직임일 것 같다만."

마스터가 쓴웃음을 지었다.

그렇다니까. 힐러가 적의 공격을 받아서 도망치면서 힐을 뿌리고 다니는 건 꽤 나쁜 상태다. 파티 붕괴의 첫걸음이다.

영창이 긴 스킬은 쓸 수 없고, 어딘가에서 붙잡혀서 죽을지도 모른다. 탱커 빨리 타깃 안 가져가냐? 라고 생각할 거고.

"하지만 나는 아무 생각 없이 정석대로 움직이는 것보다는, 아코를 커버하면서 움직여야 한다고 생각해. 누구든 처음부터 이상적으로 행동할 수는 없으니까."

"먼 이상을 쫓는 게 아니라, 추하더라도 현실적인 행동을, 이라……."

"……나도 그랬을지도."

"처음부터 잘 할 수는 없다…… 레벨에 맞게 노력한다……."

세 사람 모두 진지한 표정으로 자신의 캐릭터를 응시했다.

"우리는 처음부터 그렇게 했었으니까. 정석대로의 움직임은 어울리지 않다고."

가끔 힐을 실패하는 저회복력 힐러와, 적과 싸우고 있는데도 채팅으로 태클을 거는 탱커, 전투 중인데도 롤 플레이를 잊지 않는 근거리 딜러와, 딜이 너무 높아서 타깃을 빼앗는 마법사다.

정석대로의 전술 같은 건 원래부터 전혀 쓰지 않았다.

"그러니 연계를 조금 다시 짜볼래? 보기 좋은, 위키에 나온 동작이 아니라 좀 더 우리다운 전법을 말이야."

††† ††† †††

"갑니다!"

"오케이!"

포와링 방어 퀘스트, 재도전.

두 번째이므로 포와링, 포포와링은 문제없다. 위험 없이 돌파했다.

여기까지는 저번과 똑같다.

"문제의 제3웨이브, 온다!"

"갑니다!"

"커버해줄 테니까 침착하게 가. 아코."

"다정한 세가와를 보면 더 침착해지지 않는다고."

"네 그런 부분, 꽤 좋아해♪"

"그만둬, 닭살 돋잖아!"

"히히히."

"이 도둑고양이…… 이 도둑고양이……."

"너희들, 작전 개시다."

마스터의 목소리와 동시에 포포포와링이 입구에서 튀어나왔다.

"그럼 내 차례네."

슬쩍 적에게 접근한 슈가 포포포와링 세 마리 정도를 부채로 찰싹찰싹 때렸다.

"그리고, 도~망~쳐야지~♪"

슈가 재빨리 떨어졌다.

"지금이야, 아코!"

"어흥!"

남은 포포포와링 한가운데로 돌격한 아코가 샤우트를 외쳤다.

"어흥! 어흥!"

아코는 적을 끌어들이기 위해 열심히 샤우트를 외쳤다.

슈를 쫓아간 것들을 제외한 모든 타깃이 아코에게 집중됐다.

"마비마비에요!"

그리고 아니나 다를까 마비됐다.

"해제 연타할 테니까 그쪽도 샤우트 연타해줘!"

"어흥!"

아코는 마비된 상태에서도 열심히 싸웠다.

둘러싸인 그녀에게 스킬을 걸어주자 어그로가 올라갔는지 포포포와링 두 마리가 내 쪽으로 넘어왔다.

"새어나갔어요!"

"괜찮아. 이쪽에서 처리할게."

샤우트 범위 바깥으로 이동하면서 무빙힐로 회복했다.

아코에게서 받은 인연 인첸트가 효과를 발휘해서 다소 회복이 떨어지더라도 보강할 수 있었다.

"아이돌을~ 만지는 건 금지~."

슈는 때때로 춤을 추면서 도망쳤다.

"이것이 바로 유능한 딜러의 일이로군."

마스터는 논스톱으로 활을 쐈다.

하지만 적의 숫자는 줄지 않았다.

그도 그럴 게, 전체를 균등하게 공격하고 있기 때문이다.

타깃은 튀지 않지만, 적의 숫자는 전혀 줄지 않는 방식이었다.

그때, 포포포와~! 하고 포와링의 목소리가 들렸다.

"다음 웨이브 시작됐어요! 포와링 킹이—!"

수염 난 커다란 포와링이 문에서 느릿느릿 다가왔다.

거의 쓰러트리지 못한 채 다음 웨이브가 시작됐지만, 우리는 조바심내지 않았다.

"작전대로 가자. 아코는 여기서 샤우트 스톱! 킹에게 다이렉트 어택!"

"네!"

아코는 전체 어그로 공격을 멈추고 포와링 킹에게 돌격했다.

마비로 발이 멈추면서도 가까스로 도착해서 핑크색 별을 흩뿌리며 퍽퍽 두드리기 시작했다.

"여기가 내가 빛날 곳이군!"

아코를 쫓아가던 포포포와링의 등에 마스터의 화살이 꽂혔다.

단일 공격을 집중적으로 맞은 한 마리가 포와~ 하고 마스터에게 다가가기 시작했다.

"괜찮겠어? 마스터."

"문제없다. 다가오기 전에 쓰러트릴 수 있으니."

충분한 거리를 두고 발사된 화살이 한 마리, 두 마리, 적의 숨통을 끊었다.

그 사이, 아코에게 힐을 하던 내게 포포포와링이 점점 덮쳐왔다. 하지만 적이 뭉친 바로 그때—.

"다들 댄스 댄스~."

슈의 춤이 광역으로 작렬!

그 자리에 있던 포포포와링들이 흥겹게 춤추기 시작했다.

"역시 내 춤이야! 다들 푹 빠졌네♥"

"나이스에요! 돼지공주 씨."

"그대로 부탁해. 돼지공주님."

"역시 대단하구나. 돼지공주."

"이제 화나지도 않게 됐어."

아이돌 캐릭터보다 돼지공주가 익숙해진 모양이다.

"하지만 잘 통하는군. 몇 마리는 빠져나갈 줄 알았는데."

"의외로 라이어의 효과가 있는 것 같아."

전원에게 통한 이유는 그 스크롤의 효과를 발휘했기 때문인 모양이다.

서버가 고쳐지고 나서 팔면 나름 비싸게 받을 텐데, 지금이 필요한 때라고 단언하고 저레벨 부채에 장착해버린 것이다.

아이돌 같은 걸 하고 있긴 하지만 역시 세가와는 사나이답다고 생각한다.

"춤추는 포포포와링 한 마리, 두 마리, 세 마리 격파네. 아코, 킹은 잡고 있을 수 있겠어?"

"네. 이 아이만이라면 괜찮아요."

아코는 도망치면서 싸우는 우리를 걱정스레 지켜보면서 포와링 킹과 일대일로 전투를 펼치고 있었다.

그렇다. 우리가 취한 전법은, 잔챙이는 멤버 전원이서 몰고 다니면서 조금씩 쓰러트리고, 그 사이 아코가 열심히 포와링 킹을 잡고 있는, 겉으로 보면 엄청 촌스럽고 쪽팔리기 그지없는 『잔챙이 상대로 필사적이네, 수고 작전』이었다.

"엄청 강한 적이라면 몰라도, 어째서 이런 시시한 몬스터하고 필사적인 싸움을 펼치고 있는 걸까."

"냉정해지면 안 된다."

"어쩔 수 없잖아. 우리가 약하니까. 레벨에 맞는 방식이 최고야."

"뭐, 그러네."

마스터의 화살로 한 마리씩 줄어들어서 마침내 포포포와

링도 한 마리 남았다.

"좋았어. 라스트다!"

"잔챙이들 전부 격파다!"

"간다~, 질풍의 춤!"

"어그로는 충분히 벌어놨겠지? 전력으로 가겠다만?"

"네. 괜찮아요!"

모두 함께 포와링 킹에게 공격을 집중했다.

계속 때리고 있었던 덕분에 어그로가 올라간 포와링 킹은 우리가 아무리 때려도 절대로 쓰러지지 않는 탱커 노리기를 그만두지 않았다.

할 수 있다. 이건 이길 수 있어! 이길 수 있으리라 생각하지만…… 딜이 부족해!

그렇게 계속해서 수십 분 정도 격투를 벌인 뒤—.

포와와와와~ 라는 슬픈 목소리가 들렸다.

마침내 왕관이 떨어지고, 포와링 킹이 무너졌다.

"해냈다! 이겼다!"

"이예~이!"

"좋았어어어어!"

"저희는 허접이 아니에요!"

"허접이 아니라고!"

"오~!"

"포와링 킹에 포포포와링 집단은 레벨 30의 4인팟으로는 좀처럼 쓰러트리지 못하겠지?"

"그것도 서브 캐릭터의 약체 장비, 노 아이템으로다. 이건 전략의 승리다!"

"이걸로 반짝반짝을 받을 수 있겠네요!"

"아, 목적은 그거였지, 참."

"잊지 말아주세요!"

우리는 매우 기뻐했다.

하지만, 거기서 깨달았다.

"어라? 퀘스트 끝나지 않았네?"

"정말이네요. 어째서일까요?"

"음…… 이건…… 다음 웨이브라고?"

어, 다음? 다음이라니— 이거 다음도 있어?

"서, 설마 그런—."

포오오오오와아아아아아아아!

몰카앙~ 몰카앙~ 하는 얼빠진 효과음과 함께, 왕관만이 아니라 커다란 망토를 단 포와링이 다가왔다.

"……엠퍼러 포와링이네요."

"엠퍼네."

"엠퍼로군."

만약 넷이서 쓰러트리려면 레벨 60은 되어야 할 몬스터다.

이제 저항할 기력도 생기지 않았다.

"무~리~."

"아파요오오오오."
"유감이네."
"안타깝군."
포와와~.
우리는 엠퍼러의 촉수 공격에 쓸려버리고 말았다.

"무리였네요."
"클리어했다고 생각했는데……."
"하지만 아무리 그래도 엠퍼러 포와링은……."
"아무리 해도 못 이기잖아. 이게 어디가 레벨 40퀘야."
뭐, 레벨 30인 네 명이서는 무리이고, 레벨 40의 12인 파티라면 이길 수 있을 테니까 밸런스 문제라는 건 아니지만.
다들 분해 보이기는 했지만, 하지만 끝까지 해냈다는 느낌은 있었다.
"하지만 뭐, 후회는 없다는 느낌이네."
"끝까지 해냈지. 우리의 연계를 보여줬다."
"이거야말로 파티 플레이지."
쓴웃음을 지으면서도 만족스럽게 끄덕였다.
한 마리씩 쓰러트리는 게 정답이야! 라든가, 버퍼는 버프만 하라든가, 힐러에게 타깃이 가면 안 된다든가, 그런 정석을 무시하면서도 확실히 서로를 도와가며 싸웠다.
"이게 마지막이라도 후회는 없어."

"우우, 하지만 반짝반짝 갖고 싶어요……."

"그런 말을 해봐야 무리인 건 무리잖아?"

"우리로는 못 이긴다니까."

"그러네요. 저희만으로는 못 이겨요……."

아코는 하지만, 이라며 말을 이었다.

"저는 포기할 수 없어요."

수수께끼의 불타는 오라를 두른 아코가 일어섰다.

"엄마가 된 저의 진심을, 보여드릴게요!"

그런 건 보이지 말아줘…….

"어쩔 건데. 진심이라니……."

"이걸 쓰겠어요!"

아코는 보너스 박스에 들어있던 몇 안 되는 과금 아이템, 전체 채팅을 칠 수 있는 스피커를 꺼냈다.

그리고 전체 채팅으로 외쳤다.

◆☆아코☆ : 반짝반짝 인첸트를 얻으려 포와링 섬에 왔어요. 레벨 30으로는 엠퍼러 포와링한테 못 이겨요! 누가 좀 도와주세요!

솔직한 호소가 채팅창에 흘렀다.

"과연, 우리 말고 다른 사람이 있으면 이길 수 있을지도 모른다."

"……아코의 진심은, 남한테 부탁이었어?"

"아니에요. 제 진심은, 할 수 있는 건 전부 해본다는 거예요!"

그렇군. 그건 이해할 수 있다.

이것저것 따지지 않고, 쪽팔린 싸움을 해서라도 이기려고 나선 거다.

다른 사람에게 도움을 받는 것 정도는 별것 아니지.

"그럼 나도 외칠까!"

◆루시안' : 30이 돼서 한가한 사람, 포와링 섬에 와줘~.

◆†애플리코트† : 엠퍼러 포와링 도움 의뢰! 참전은 포와링 섬으로!

◆슈 : 다들~! 나를 도와주러 와줘, 부탁해~!☆

다들 구원 요청을 보냈다.

과금을 할 수 없는 탓에 비교적 조용한 전체 채팅, 여기서 4연발 발언이다!

꽤 많은 사람이 목격했을 거라고 생각하지만…….

"……올까? 이거."

"글쎄……?"

"어지간히 한가한 사람이 있다면 와줄지도……."

하지만, 그렇게 잘 풀릴지는…….

◆†하얀 단죄자† : 불렀어?

◆하츠 : 왔다고~.

◆†클라와드† : 고양이공주 씨 없어?

◆너구리 제자 : 구리!

◆데 : 안녀엉ㅋㅋㅋ

◆이카스 : 어라? 여러분.

◆리미츠 : 여어어~.

◆유엔 : 엠포와라고 들어서.

◆카보타소 : 어라? 많지 않아?

◆코론 : 안녕.

◆미즈카 : ^^

◆루시안' : 우와아아아앗!

◆☆아코☆ : 엄청 왔어요!

우와아아앗! 잠깐 기다려, 뭔가 엄청 왔잖아!

게다가 전부 어디서 본 적이 있어!

◆루시안' : 불러놓고 좀 그렇지만, 다들 어쩐 일이야.

◆너구리 제자 : 한가하고 또 한가해서 어쩔 수 없었다구리.

◆하츠 : 이쪽은 메인 캐릭터는 물론이고 서브캐도 서브서브캐도 서브서브서브캐도 동결됐단 말이다!

◆†하얀 단죄자† : 창고도 쓸 수 없고, 길드도 친구 리스트도 봉인 상태야. 아는 이름이 채팅창에 나오면 상황을 보러 오는 법 아니겠어?

◆데 : 그래그래 오지 오지ㅋ

◆†클라와드† : 한가하니까!

우와아, 다들 생각보다 더 한가했구나.

"메인 캐릭터가 동결돼서 서브를 할 수밖에 없는 사람들 모두 한가했을지도 모르겠군."

"그건 그렇고 이렇게나 모이다니……."

"아는 얼굴이니까. 어떤 의미로는 아코의 전력임이 틀림없네."

부탁해, 라고 말했을 때 알았어, 라고 말해주는 사람들.

그건 확실히, 자신의 힘이 되어주는 동료다.

◆☆아코☆ : 여러분! 꼭 이 아이에게 반짝반짝 인첸트를 주고 싶어요!

◆☆아코☆ : 부탁드려요. 도와주세요.

굉장히 긴장한 아코가 모두 앞에서 확실히 말했다.

어머니는 강하다― 랄까, 가공의 딸을 상대로 너무 진심 아니야? 아코?!

◆유엔 : 그걸 위해 왔으니까 할게할게.

◆코론 : 사망 페널티가 거슬리지 않는 건 오랜만이네.

◆†클라와드† : 고양이공주 씨는 없지만 힘내마.

◆리미츠 : 왜 없는 건데.

다들 와글와글 북적북적 느긋하게, 하지만 의욕을 내주고 있었다.

아무래도 좋은 일인데도 다들 모여서, 축제처럼 즐기는 느낌이다.

◆루시안' : 어째서지? 굉장히 그리운 느낌이야.

◆†하얀 단죄자† : 옛날에는 이런 유저 이벤트가 엄청 많았으니까.

◆너구리 제자 : 점검 전에 모두 함께 놀자구리!

◆데 : 노는 것 말고는 할 것도 없잖아ㅋㅋㅋ

◆슈 : 파티는? 나눠?

◆하츠 : 딱히 상관없잖아? 많은데.

◆밀밀크 : 엠포와 어디?

◆삼나무볼록 : 지금 간다볼록.

◆하츠 : 지금도 늘어나고 있으니까ㅋ

확실히 슬쩍슬쩍 사람이 늘어서 이제 누가 누군지도 전혀 모르겠다.

왠지 예전 앨리 캣츠에 있던 사람도 서브 캐릭터로 온 거 같은데?

"그럼 시작할까요?"

"그러자. 사람들이 돌아가기 전에 가자!"

"오케이. 하지만 아코, 시작하기 전에 중요한 게 하나 있어."

"네?"

"사람들을 잘 봐."

많은 사람들이 포와링 섬에 모이고 있다.

각자 이리저리 돌아다녀서 알기 힘들지만, 지금 있는 사람도, 늘어나는 사람도, 한 가지 공통점이 있었다.

"……어라? 모인 사람 전부 딜러 아냐?"

"그럼 저 말고 탱커는……?"

"잘 들어라. 아코."

마스터가 슬프게 고개를 저었다.

"레벨 30까지만 올릴 거라면 딜이 낮은 탱커 캐릭터를 만들 의미가 없지. 따라서 신 캐릭터는 대부분 딜러다."

"에에에에에엑?!"

"총 세력 스무 명이 넘어 보이는 임시 포와링 파티! 메인 탱커 아코, 부탁한다!"

"무……."

무리에요! 라고 말하려던 아코가 입을 다물었다.

"……아뇨, 할 수 있어요! 할게요!"

화면 중앙에 당당히 선 ☆아코☆와 눈을 마주 본 아코는 마우스를 쥐었다.

"말 잘했어! 역시 메인 탱커! 좋~아! 가자!"

◆슈 : 다들, 아코의 퀘스트 맵에 들어와줘☆

◆데 : 예~입ㅋ

◆하츠 : 그보다 너 슈바인이냐? 뭐야? 넷카마?

◆슈 : 내버려 둬.

북적거리며 퀘스트가 시작됐다.

전원이 한꺼번에 전용 맵에 들어와 조금 무거워진 상태에서 방어가 시작됐다.

그리고 포와링들이 포와와~ 하고—.

◆†클라와드† : 죽어라아아아아아아아!

◆카보타소 : 후오오오오오오!

◆너구리 제자 : 구리이이이이이!

"우와아……."

"이거 심하네."

전원에게 흠씬 두들겨 맞아서 순식간에 사라졌다.

◆☆아코☆ : 다음이에요!

◆코론 : 으랴압!

◆이카스 : 적어도 한 대는 때리고 싶은데요.

포와~! 하고 나온 포포와링도, 포포포와링도, 엄청난 속도로 당해버렸다.

◆†애플리코트† : 방심하지 마라! 다음엔 킹이다!

포오오오오오와아아아아아아아!

포와링 킹이 출현했다.

◆☆아코☆ : 타깃 딸게요!

아코가 어흥 하고 울부짖었다.

포와링이 화를 내며 아코 쪽으로 향했다.

◆유엔 : 좋았어, 잡아라!

◆하츠 : 숫자로 밀어붙여어어어어어어!

딜러밖에 없기 때문인지 딜이 정말 굉장했다.

그리 오랜 시간을 들이지 않고 킹이 격침됐다.

◆루시안' : 킹포와 수고.

◆데 : 해냈네.

◆슈 : 다들, 아직이야! 긴장 풀지 말고 힘내자!

◆하츠 : 너 누구야.

◆☆아코☆ : 저희의 아이돌, 돼지공주 씨예요.

◆슈 : 누가 돼지인데? 슈 화낸다☆

◆하츠 : 아아, 역시 슈바인이잖아.

이야기하는 사이에 포오오오오와아아아아아아아! 하는 포효가 울렸다.

몰카앙~ 몰카앙~ 하는 얼빠진 효과음.

엠퍼러 포와링이 나타났다.

거대한 몸은 위압감이 대단했다.

하지만 여기 있는 이들은 목숨도 아끼지 않는 축제 모드의 서브 캐릭터 군단!

엠퍼러 포와링이 망토를 휘날린 그곳으로—.

◆루시안' : 해치워!

◆☆아코☆ : 갑니다!

◆†애플리코트† : 레벨 30 군단, 돌격!

전원이 단숨에 돌격했다!

인원을 생각하면 이길 수 없는 상대가 아닐……지도 모르니까!

◆유엔 : 디버프 안 걸려!

◆데 : 엄청 미스 뜨는데ㅋ

◆너구리 제자 : 미스 떠서 콤보 끊어진다구리!

◆하츠 : 거기 루시안 힐러, 버프 줘! 버프!

◆루시안' : 여기 몇 명 있는 줄 알아?! 전원한테 버프 돌릴 수 있겠냐!

그보다 아코의 힐만으로도 바쁘다고! 저 녀석 딜이 엄청 나다니까!

◆☆아코☆ : 사, 사람들이 당하게 두진 않겠어요!

아코는 열심히 막는 중이었다.

하지만 레벨차가 너무나도 크다고!

"미안, 내 힐로는 부족해!"

엑스는 고사하고 하이힐조차도 못하는 지금은 콤보를 쌓아도 회복력이 너무나 부족하다.

"아직이에요!"

아코가 파앙! 하고 붉은 이펙트를 내뿜었다.

포션 사용의 증표…… 그럴 돈이 있었나?

"대리 구매 씨가 준 포션이 있어요!"

"그건가!"

"모두의 힘으로 모두를 지키겠어요!"

"이 얼마나 긍정적인 발언인가—."

"아코라고는 생각할 수 없네."

멍하니 지켜보는 우리를 향해, 아코는 반짝반짝 자신감 넘치는 미소를 보여줬다.

"저는 무리더라도, 제 딸은 할 수 있는 아이예요! 저와 루시안의 딸이라면 이길 수 있어요!"

"그거 조작하는 사람은 아코 너거든?!"

노력하는 건 너라고!

◆밀밀크 : 깎인다 깎여!

◆카보타소 : 앞으로 50퍼!

◆미즈카 : 패턴 변해요^^

HP가 깎이자 엠퍼러 포와링이 얼굴을 새빨갛게 물들이며 날뛰기 시작했다.

◆루시안' : 이 녀석, 다음엔 뭐 하더라?

◆코론 : 이 다음에는—.

이어서 표시가 되기 전에 엠퍼러 포와링이 촉수를 붕붕 휘둘렀다.

◆데 : 광역 공격 와버렸어ㅋㅋㅋ

◆너구리 제자 : 죽는다구리!

◆코론 : 광역 공격이 온단 말이지.

비교적 원거리에서 공격하는 우리는 엠퍼러 포와링의 촉수 휩쓸기에 맞지 않았지만, 근거리에서 싸우는 플레이어는 큰 타격을 받았다.

◆†클라와드† : 끄아아아아아아아아!

◆하츠 : 광역만으로 죽었어ㅋㅋㅋ

◆카보타소 : 누가 소생 좀.

◆루시안' : 이 레벨에서 쓸 수 있을 리가 없잖아!

◆슈 : 바로 돌아오면 되지 않을까?♪

◆하츠 : 그거다. 서둘러!

죽은 사람은 바로 돌아와서 다시 엠퍼러 포와링에게 맞섰다.

얼마 안 되는 돈을 포와링 섬으로 전송하는 데 쓰고 있는 거다.

◆†애플리코트† : 다들 미안하다. 그리고 고맙다.

◆루시안' : 질 수 없어!

◆밀밀크 : 앞으로 10퍼!

◆†클라와드† : 밀어붙여~!

"이런, MP 떨어졌어!"

양이 적은 MP를 쥐어짜면서 싸워왔지만, 보스전이 길어져서 MP가 떨어졌다!

"포션도 이제 없어요!"

"큭, 물러나! 아코!"

"아직 할 수 있어요!"

아코가 엠퍼러 포와링의 촉수 휩쓸기에 실드 가드를 핀포인트로 맞췄다.

잠깐, 아코 네가 그런 것도 할 수 있었어?!

◆†애플리코트† : 마지막이다! 먹어라!

MP 잔량 1퍼센트 미만.

마스터의 스나이핑 헤드샷이 멋지게 크리티컬로 꽂혔다.

통산 100명 이상을 쓰러트리지 않았을까 싶을 정도로 마구 날뛰던 엠퍼러 포와링은, 왠지 만족스럽게 포와~ 하고 울며 사라졌다.

◆☆아코☆ : 해…… 해냈어요!

◆루시안' : 잡았다아아아아아아!

◆†애플리코트† : 이것이 인간의 힘이다!

◆슈 : 다들, 수고했어! 좋은 라이브였어!

◆하츠 : FUUUU.

◆데 : 설마 이길 줄이야ㅋㅋㅋ

채팅창과 감정표현이 연속으로 흘러서 무척 카오스한 상태다.

평소였다면 폭죽 아이템 같은 것도 썼겠지만, 아무도 갖고 있지 않으니까 채팅과 감정표현밖에 할 수 없었다.

하지만 그 수수한 소란스러움이, 오히려 즐겁게 느껴졌다.

"아코는 살아있지? ……우왓!"

슬쩍 보니 메인 탱커였던 아코의 남은 HP는— 고작 9.

"설마 한 자릿수였다니. 인연이 없었다면 죽었을지도 몰라."

"아슬아슬했어요."

말하는 사이에도 자연회복으로 슬금슬금 HP가 올라갔다. 겨우 회복한 MP로 힐을 해줬다.

녹색 빛에 비춰진 ☆아코☆의 리본이 자랑스럽게 흔들렸다.

"그럼 클리어 보고하러 갈게요!"

맵 한가운데에서 기다리던 약한링A에게 말을 걸자—.

◆약한링A : 고맙다포와~.

포와링이 기뻐하며 손을 흔들었고, 퀘스트 종료 보고가 나왔다.

전원이 포와링 섬으로 돌아왔고, 보수 중에서 확실히 반짝반짝 스크롤이 있었다.

◆☆아코☆ : 저기, 이거. 누구 갖고 싶은 분 있나요?

아코가 조심조심 물었다.

◆하츠 : 없어.

◆데 : 필요 없어ㅋㅋㅋ

◆†하얀 단죄자† : 그걸 얻으러 온 거잖아?

◆이카스 : 창고에 다섯 개 정도 있을걸?

◆리미츠 : 못 열지만ㅋ

다들 흔쾌히 양보해주었다.

그저 진짜로 필요 없을 뿐이라고 해서는 안 된다.

◆☆아코☆ : 감사합니다! 그럼 쓸게요!

아코가 방패에 인첸트를 장착했다.

무사히 성공해서, 완성!

"다 됐어요!"

핑크 스타의 반짝반짝 실드다.

"어마어마하게 쓸모없는 방패가 완성됐네."

"그러네요!"

부정할 거라 생각했지만, 아코는 끄덕끄덕 동의했다.

"아빠의 교육으로 스테이터스도 스킬도 완벽한데, 장비의 취향은 엄마와 닮은…… 응, 우리 딸 완성이에요!"

"와, 완성입니까."

내가 모르는 곳에서 우리의 딸이 생긴 모양이다.

"……니시무라. 진짜 딸은, 생긴 거 아니지?"

"그러니까 아니라고!"

아아, 정말~ 복잡해졌잖아!

◆☆아코☆ : 무사히 끝났어요, 고맙습니다!

◆밀밀크 : 오~.

◆데 : 모처럼 모였으니까 이대로 어디 다른 데 갈래?ㅋ

◆하츠 : 어디 가는데?

◆데 : 여기에 왔으면 뻔한 거 아냐ㅋ

데 씨…… 디 씨는 포와링 섬의 성으로 달려가면서 말했다.

◆데 : 성 안쪽의 그랜드 마스터 포와링도 잡자고ㅋㅋㅋ

◆루시안' : 그마한테 이길 수 있겠냐!

◆†애플리코트† : 괜찮은걸? 이기지 못하더라도 본전이니!

◆슈 : 마지막까지 달리자~!

"가는 거냐고?!"

"여기까지 왔으니까 마지막까지 즐기면서 끝내자."

"가요, 루시안!"

"에잇, 알았다고. 기왕이니 가자!"

우리는 보통이라면 레벨 80은 되어야 할 던전, 포와링 성 안을 인해전술로 나아갔다.

하지만 점점 사람이 죽어갔고―.

◆루시안' : 무리ㅋㅋㅋ

◆†애플리코트† : 저 몇 밀리미터 깎인 게이지는 내 공적이다.

◆☆아코☆ : 두 번 정도 반짝 빛났어요!

◆슈 : 0.2초 정도 춤췄어. 저 아이도 헤롱헤롱이네!

그리고 빛나는 오라를 두르며 포와! 하고 의기양양한 표정을 짓는 괴물을 상대로 멋지게 전멸했다.

††† ††† †††

축제 같았던 퀘스트를 마치고, 우리는 여느 때의 찻집으로 돌아왔다.

"이야~, 즐거웠네."

"그러게요."

"서브캐의 마지막을 장식하기에 어울리는 싸움이었다."

"싸움이라기보다는 완전히 놀았잖아."

"그러니까 즐거웠던 거라고."

죽어도 되고, 이기지 못하더라도 즐겁다.

이겼지만 아무것도 입수하지 못하더라도 좋다.

그저 즐거우니까 왁자지껄 떠들면서 모두 함께 싸우는, 그리운 감각이었다.

"메인이었다면 죽는 게 당연한 놀이는 하고 싶지 않으니까."
"그렇지."
"애초에 이 가게에 오는 것도 오랜만이네요."
"수도가 멀었으니까."
레벨 30이 되어서 겨우 전송료 정도는 문제가 없어졌다.
"아직 캐릭터는 돌아오지 않았지만, 돌아왔네."
"이 아이는 제대로 장비도 완성됐으니까요."
아코는 싱글벙글 웃으며 내 옆, 평소와는 반대편에 ☆아코☆를 앉혔다.
"그쪽이 아코 딸의 위치야?"
"네."
"보통은 부모님 사이에 딸을 놓는 것 아니냐?"
"무슨 말씀을. 그렇게 하면 제가 루시안과 손을 잡을 수 없게 되잖아요."
"딸을 향한 사랑은 어디로 간 거야?"
"사랑하기 때문인데요?"
그게 아코의 사랑인 모양이다.
하지만 일부러 반대쪽에 앉은 아코는 왠지 평소의 아코가 아닌 것 같아서 조금 진정되지 않았다.
"이 아이도 무사히 완성됐으니까, 나머지는 제 부활을 기다릴 뿐이에요."
아코는 싱글벙글 웃으며 딸(?)을 바라봤다.

"하지만 이 캐릭터 쪽이 아코 본체보다 성능이 좋잖아? 이쪽을 아코로 하는 편이 강하지 않아?"

"강하든 강하지 않든, 저는 저니까요!"

아코는 단호하게 멋있는 말을 외쳤다.

"왠지 좋은 소리를 하네."

"엄마니까요!"

그리고 씨익 웃으며 자랑스럽게 말했다.

어머니는 아니지만, 어머니가 되진 않았지만, 그 망설임 없는 말은 평소 내게 우직하게 마음을 보내는 아코와 똑같아서 조금 기쁘기도 했다.

"그럼 아코 군. 내가 생각하건대—."

그때, 마스터가 아코를 빤히 바라보며 말했다.

"현실에서도 이렇게 확실하게 말하는 게 어떨까?"

"확실하게…… 말인가요?"

"그래. 전체 채팅에서 도와달라고 말했던 기개를 보여주는 거다. 지금과 마찬가지로, 나는 나다! 라고 말하면 된다. 평소의 아코 군이라면 현실이라도 그리 고민하지는 않겠지?"

그 말을 들은 아코는 마스터에게서 눈을 돌렸다.

"그렇게 간단히 말씀하셔도, 현실은 어렵다고요. 굴레라든가, 인간 관계라든가, 이런저런 배려가 필요하다고요."

"아코답지 않은 말이네."

"……그러게."

정말로 아코답지 않다.

그렇다. 요즘의 아코는 줄곧 아코답지 않았다.

그건 내가 제대로 된 아이가, 평범한 아이가 되어달라고 말했으니까, 리얼충답게 된 것을 기회 삼아 실현시키려고 스스로 노력했기 때문이라고 생각한다.

"현실이 어려운 건 동의한다만. 그럼에도 게임에서는 가능했다. 현실에서도 불가능하지는 않을 텐데?"

평소의 아코라면, 「그럴지도 모르지만, 그래도요!」라면서 울상을 지으며 대답할 듯한, 그런 마스터의 말.

그런데도 아코가 말한 것은 너무나도 예상 밖의 말이라서, 나는 귀를 의심했다.

"하지만— 현실하고 게임은, 다르잖아요."

"……엥?"

"에, 에엑……?"

"뭐, 라고……?"

아코라면 절대로 말할 리가 없는 그 한 마디에, 세 사람 모두 숨을 삼켰다.

"현실과 게임이 다르다, 고 말했나?"

"네? 아, 네."

아코는 간단히 수긍했다.

이건 언제나 아코가 인정해주기를 원했던 말이다.

현실과 게임은 다르니까, 함께 한 걸음씩 나아가자는, 언젠가 그런 식으로 말을 할 수 있었으면 좋겠다고 생각해왔다.

하지만 이 상황에서, 게임에서는 할 수 있었지만 현실에서는 못 한다, 게임에서는 노력했지만 현실에서는 노력할 수 없다는, 그런 의미로 말해주기를 바란 건 결코 아니다!

아니야. 나의 아코는, 나의 아코는 그런 말을 하지 않아!

"가짜, 가짜다!"

"아코가 이상해졌어! 구급차를 불러!"

"그럴 수가, 너무해요!"

너무하지 않아. 이상하다고, 아코!

"방금 무슨 소리를 했는지 스스로 돌이켜봐! 이상하니까!"

"에엑? 그치만, 현실과 게임은 다르…… 다르……."

다시 말하려던 아코의 얼굴이 싸악 하고 새파래졌다.

"제, 제가 이상해요!"

그렇다니까!

"어쩌지?! 아코가 이상해졌어!"

"누가 좀 도와줘!"

이게 무슨 일이야!

평범해지라고 말한 바람에 나의 아코가 망가져버렸어!

"그렇다면, 내게 맡겨라!"

여기서 잽싸게 마스터가 나섰다.

마스터는 아코의 어깨를 덥석 붙잡았다.

"정신 차려라! 아코 군! 너는 이런 인간이 아니었을 거다!"

그리고는 눈을 똑바로 쳐다보며 말했다.

"저, 저는 제정신이라고 생각하는데요?!"

"제정신인 아코 군은 현실과 게임이 다르다는 소리를 하지 않아!"

"그 말은 맞네요!"

아코 본인도 이상하다고 생각했는지 동요한 모습이다.

마스터는 아코에게 한층 더 얼굴을 들이밀었다.

"애초부터 나는 줄곧 위화감을 느끼고 있었다. 아코 군이 말하는 『친구』라는 존재에 대해서."

"어, 저기, 평범한 친구라고 생각하는데요……."

아코가 반사적으로 대답했지만, 마스터는 단호하게 말했다.

"소중한 상대를 희생하지 않으면 친구로 있을 수 없는 상대가 『평범한 친구』인 것이냐?!"

"읏?!"

아코는 몸을 움찔 떨었고, 마스터는 더욱 말을 이었다.

"자랑은 아니다만, 나는 너희 말고는 친구가 없다. 『평범한 친구』라는 게 뭘 가리키는지, 확실히는 모르지. 하지만, 그럼에도 틀림없이 말할 수 있는 게 있다!"

마스터는 아코의 몸을 빙글 돌려서 나와 마주 보게 했다.

그리고 잘 울려 퍼지는 목소리로 말했다.

"너희를 희생하지 않고는 친구로 있을 수 없다면, 그런 『평범한 친구』는, 내게는 절대로 필요 없다!"

"—!"

"너는, 그렇지 않았던 거냐."

"저, 는……."

눈을 동그랗게 뜬 아코와 시선이 마주쳤다.

눈동자 속에 내가 보일 정도로 동그란 눈동자.

"……친구는, 필요 없다……."

"음."

"루시안을 곤란하게 하는, 친구는, 필요 없다……."

아코가 말을 꺼낼 때마다 왠지 초점이 맞지 않는 것 같던 시선이 천천히 내게 초점을 맞추는 것처럼 보였다.

그리고, 왠지 곤란한 생각을 하기 시작한 것 같은 기분도 들었다.

"필요 없다, 그래요. 필요 없어요. 친구는, 필요 없는 거예요!"

아아아앗! 잠깐, 아니야! 그쪽이 아니라고!

그쪽으로 가면 안 돼!

"감사합니다, 마스터! 역시 대단하네요. 눈이 번쩍 뜨인 기분이에요!"

"핫핫핫! 괜히 친구가 없는 게 아니다!"

확실히 문제가 일어날 때 단호하게 일갈해주는 게 여느 때의 마스터지만, 말한 내용은 상당히 심했거든?!

"저, 저기, 아코? 괜찮아?"

"네, 이제 괜찮아요. 걱정 끼치게 해서 죄송해요."

오히려 지금의 아코가 어떻게 될지 걱정되는데?!

내가 응시하자, 아코는 천천히 가슴에 손을 대며 입을 열었다.

"제 현실 친구는, 슈하고 마스터가 처음이었어요."

"으, 응."

"나도 그렇다."

마스터, 그런 슬픈 어필은 필요 없거든?!

아코는 생각을 떠올리듯이 말을 이었다.

"그런데 지금 반에서 친구가 많이 생겨서— 저는 이렇게 생각했어요. 지금이라면 평범한 아이가 될 수 있겠다고요. 루시안의 이상인, 리얼충 여자아이가 될 수 있을 것 같았어요."

딱히 리얼충이 이상인 건 아닌데…….

하지만, 응. 그건 굉장히 멋진 꿈이라고 생각한다.

힘들겠지만, 그럼에도 아코는 익숙해지려고 노력했다.

"하지만 천천히 자연스럽게 친해진 사람이 아니라, 우리 친구지~, 라고 갑자기 말하는 사람을 어떻게 대해야 할지, 잘 알 수 없었어요."

그런 사람은 확실히 곤란하다.

"그래서, 루시안이 말하는 평범한 아이라면 어떻게 할지 고민하다가, 정석대로 따르자고 생각하며 억지로 이야기를 맞춰왔어요. 하지만—"

아코는 고개를 확 들고는—.

"그런 건 제가 아니에요!"

조금 전까지의, 「제 딸에게 인첸트를!」이라고 말하던 것과 똑같은 강한 말투로 말했다.

"리얼충 초보자인데 레벨에 맞지 않는 정석이라든가, 평범한 플레이라니, 저답지 않은 생각을 해서는 안 됐던 거예요! 탱커도 아닌데 영문 모를 짓을 하는 사람한테 맞춰서 어떡해요! 저는 보호받는 쪽이었을 거예요! 애초에 루시안과는 비교할 수도 없어요! 대체 고민할 게 뭐가 있다는 건가요!"

아코에게서 수수께끼의 고오오오오오— 하는 효과음이 들리는 것 같았다.

"아, 아니아니. 아코는 이미 훌륭한 리얼충이야. 반에서 친구가 많이 생겼잖아!"

내가 필사적으로 호소했지만, 아코는 고개를 내저었다.

"리얼충이니 뭐니 하는 건 아무래도 좋은 일이였던 거예요."

문득 아코는 어딘가 자조하듯이 말했다.

"지금은, 그런 건 아무래도 좋아요. 중요한 게 아니에요."

"어디서 들어 본 말인데……."

"반 아이들하고 저 사이에 이렇게나 의식차가 있을 줄은 생각도 못했어요!"

"아코? 어~이, 아코?"

"분위기를 읽고 거기에 맞춰봤자 근본적인 해결이 안 되잖아요!"

아니아니아니, 거기선 맞추자고!

그보다 뭐야, 어떻게 된 건데?!

"정말로 소중한 거라면 최선을 다해 지켜야 하는 거예요! 마스터의 말로 저는 눈을 떴어요! 저희답게 하죠!"

번쩍 눈을 빛낸 아코가 말했다.

"현실과 게임이 뭐가 다르다는 건가요!"

아, 아아…… 거기도 눈을 뜬 거구나…….

내 탓에 이상해진 아코보다는 좋다고 생각하지만, 이건 이것대로 역시 이상한 듯한…….

"낫긴 했지만…… 아코가 아코가 돼버렸네……."

"완벽하게 수리됐군……."

"저는 언제라도 저예요!"

그렇지. 아코지.

이렇게 영문 모를 소리를 하며 나를 곤란하게 만드는 게 『내 신부』였지.

머리를 감싸 쥔 내게 아코가 의기양양하게 말했다.

"전 하겠어요. 루시안!"

"뭘 할 생각인데……."

"물론 화해죠!"

아코는 즉답했다.

"내일, 화해를 해요!"

"에, 에엑?!"

"학교에서, 모두 앞에서, 화해를 하겠어요!"

"에에에에에에에엑?!"

"저는 리얼충 같은 게 되지 않겠어요!"

줄곧 답답해하던 아코가, 마침내 단언했다.

단언하고 말았다.

그리고 훌륭하게 아코를 이끈 마스터가, 씨익 웃으며 고개를 끄덕였다.

"이래야 아코 군이지!"

"마스터! 치료법을 좀 고민해서 쓰란 말이야!"

"우옷?! 어째서냐, 칭찬을 들을망정, 질책을 들을 만한 일은 아닐 텐데?!"

"확실히 어울리지는 않았지만, 그래도 아코가 조금은 제대로 변해가고 있었는데! 결국 원래대로 돌아왔잖아!"

세가와가 해맑게 내게 안긴 아코를 가리키며 필사적으로 말했다.

"아니, 괜찮아. 세가와."

"어째서?! 네가 가장 바라던 거잖아!"

"으음. 그게 말이지……."

주변 사정은 몰라요! 제가 하고 싶은 대로 하겠어요! 라고 가슴을 펴는 아코가, 역시 제일 귀엽거든.

††† ††† †††

다음날.

이런저런 밑준비를 하고 학교로 향했다.

슬쩍 교실로 들어가자—.

"……."

이, 있잖아! 벌써 아코가 등교했다고!

반 여자들과는 동떨어진 자기 자리에서 나를 빤히 바라보고 있었다.

나는 앞자리에 가방을 놓고, 하지만 앉지 않고 아코를 응시했다.

아코도 천천히 일어났다.

"……."

"…………."

그대로 조용히 마주 봤다.

우리에게 시선이 모이는 기척이 났다.

슬금슬금 긴박한 분위기가 흐르기 시작했다.

"타마키, 잠깐……."

어떤 여자가 아코의 손을 당기려 했다.

그날 해안에서 만났던, 스즈야인가.

하지만 아코는 그쪽을 힐끔 보고는—.

"바, 방해예요!"

"뭐?"

아코는 슬쩍 손을 당겨서 그녀를 뿌리쳤다.

그 광경을 보고, 나도 결심을 굳혔다.

그래. 그렇지. 아코, 네가 그럴 생각이라면, 나도 그렇게 하겠어.

"어어, 저기……."

아코가 조심조심 입을 열었다.

"루시안, 저—."

그 후에 이어질 이야기는 예상이 됐다.

하지만 그건 아코 쪽에서 꺼낼 이야기는 아니다.

"미안. 아코."

"—네?"

먼저 그 말을 들은 아코가 어안이 벙벙해진 것을 슬쩍 넘기면서 나는 말을 이었다.

"내가 고집을 부린 탓에 곤란하게 만들었네. 그럴 생각은 아니었다— 는 건 변명이겠지. 정말, 미안해."

한동안 아코를 곤란하게 만든 원인은 제대로 된 아이가 되기를 바란 내 제멋대로인 희망이 있었기 때문이다. 그러니 내가 사과해야만 한다.

싸우지는 않았지만, 그럼에도 사과해야 하는 일도 있다고 생각한다.

"아뇨, 저야말로…… 폐를 끼쳐서 죄송해요."

아코는 싸움에 대해서가 아니라, 다른 걸로 사과하는 듯한 말투로 말했다.

"그럼, 화해하는 건가요?"

"물론."

"다행이다!"

평소처럼 품에 꼬옥 뛰어들지는 않았지만, 아코는 근처까지 다가와서 말했다.

"루시안, 정말 좋아요!"

"나도…… 어, 아니, 응."

"나도…… 뭔가요?! 말해주세요!"

"말할 수 있겠냐!"

"좋아한다고 말해주세요! 그날처럼 말해주세요!"

"어느 날인데?!"

가끔 말한 적이 있기는 하지만!

뭐랄까, 제대로 하려고 해도 결국은 이렇게 엉망이 된다니까.

하지만 이런 엉망진창 전개라도, 분명 움직이지 못하게 된 사람을 도와줄 수 있을 거다. 아마도, 분명히. 그걸 믿으며 나는 타카사키에게 힐끔 시선을 보냈다.

자, 말하라고, 라는 마음을 담아서—.

상대가 우리 동료였다면 말할 필요도 없이 전해졌겠지만, 저 녀석에게 전해질지는 모른다.

하지만 타카사키는 천천히 이쪽으로 다가왔다.

"카, 카오리."

"어, 어?!"

여자 집단 속에서 깜짝 놀란 스즈야에게 타카사키가 고개를 숙였다.

"……미안!"

"나…… 나는 딱히, 그런……."

스즈야는 애매한 대답을 했다.

그런 스즈야의 뒤편에서, 아코가 작게 말했다.

"……힘내요."

"—읏!"

스즈야가 나와 아코밖에 들리지 않을 정도로 약간 숨을 삼켰다.

그리고 그녀는 타카사키에게 답했다.

"……나도, 미안해."

스즈야가 말한 직후, 휘익~ 하고 놀리는 듯한 소리가 남자들 쪽에서 났다.

잘 했어, 타카사키!

"……."

"…………."

할 일을 해낸 남자와 남자, 서로 말없이 엄지를 세웠다.

말은 없었지만, 왠지 타카사키와 조금 더 친해진 느낌이

들었다.

"그럼……."

"응, 나중에……."

타카사키와 스즈야는 잠시 말을 나눈 뒤에 다시 남녀로 나뉜 그룹 쪽으로 돌아갔다.

하지만 각자 흐르는 분위기는, 조금 전보다는 약간 부드러워진 것 같았다. 타카사키는 모두에게 툭툭 얻어맞는 중이다.

그보다!

완전히 남녀로 나뉜 교실 한가운데서 아코랑 둘이 앉아있는 나는, 좀 더 원만한 분위기가 되어주지 않으면 긴장감으로 죽을 것 같으니까! 부탁 좀 하자!

"후헤헤~."

"너는 왜 이런 상황에서 태평한 건데……."

"옆에 사람이 없는 편이 편하지 않나요?"

"이건 사람이 없는 게 아니라, 붕 뜬 거거든?!"

단지, 이런 우리의 대화에 킥킥 웃는 사람들의 기척이 났다.

원흉인 두 사람이 화해한 모습을 봐서 그런지, 원래대로 돌아온 우리를 적이라고 보는 느낌은 아니었다.

그때, 드르륵 하고 문이 열렸다!

"다들, 좋은 아침~."

평소보다 조금 빨리 찾아온 선생님이었다.

선생님은 손에 든 작은 상자를 휙휙 흔들었다.

"아직 HR 전이지만, 와 있는 사람부터 먼저 제비를 뽑아 주지 않을래?"

"무슨 제비인데요?"

학생들이 물어보자, 선생님은 꾸밈없는 미소를 지으며 말했다.

"자리 바꾸기 제비야~."

"에에에에에에에엑?!"

"이 자리에 앉은 지 얼마 안 됐는데요?"

"자리 바꾸는 건가요?!"

선생님은 항의의 목소리도 아랑곳하지 않고 말했다.

"1학기에는 여러 사람과 대화를 나누도록 자주 자리를 바꿀 거야. 그래서 처음에는 모두 자유롭게 앉게 한 거거든?"

원래부터 그럴 생각이었는데? 라는 표정으로 말한 선생님은 손짓을 했다.

"자, 제비 뽑으렴. 늦게 뽑으면 고르지 못하게 되잖니?"

"에이, 정말. 귀찮게~."

"어쩔 수 없네~."

어제까지의 반이었다면 훨씬 다퉜을지도 모르지만, 왠지 모르게 부드러워진 분위기 탓에 그대로 자리 바꾸기가 받아들여졌다.

"……."

"……(척)."

선생님 쪽을 힐끔 보자, 다른 사람이 보지 못하는 각도에서 엄지를 척 들고 있었다.

역시 알고 있었잖아, 선생님. 큰일이 나지 않도록 개선 타이밍을 노리고 있었던 거구나. 다행이야, 어떻게든 됐네.

아코는 후우 하고 한숨을 내쉬는 나를 의아한 듯이 바라보며 말했다.

"좀 더 차가운 눈으로 볼 거라 생각했는데. 왠지 다들 침착하네요?"

"그야 제대로 플래그를 뿌려놨으니까."

"네?"

아코가 어리둥절해했다.

그 뒤에서—.

"이걸로 해결, 이라고는 도저히 말하기 힘들지만, 한 걸음 전진이네."

"억지춘향 같기는 했지만."

지친 얼굴의 아키야마와 쓴웃음을 지은 세가와가 말했다.

"네? 둘이서 뭔가 한 건가요?"

"아코가 화해를 한다고 들어서, 아카네랑 같이 뒷공작을 했어."

"당연하지만, 곤란해 하던 애들도 나름 많았거든."

실은 친한 상대가 반에 있다든가. 다른 반에 남자친구가,

라든가. 짝사랑하는 선배가, 라든가.

남자든 여자든 이성을 배제하려는 사람만 있는 건 아니다. 그보다 사실 그런 사람은 소수파일 것이다.

그런 사람에게 슬쩍 뒷공작을 해서 우리의 화해를 응원하는 분위기를 조성하게 만든 것이다.

"하지만 보통은 몰래 뒤에서 사귀기만 하지, 모두의 앞에서 분위기를 박살내자! 라고 생각하지는 않는걸. 아코랑 니시무라의 좋은 점이 발휘된 거야!"

"우리의 좋은 점?"

"남들 앞에서 애정행각을 벌이면서도 태연한 부분 말이야."

"태연하지 않아!"

방금 엄청 부끄러웠다고!

"아코답게, 하지만 모두를 위해 힘내줘서 정말 고마워."

아키야마가 대단하다면서 아코를 칭찬했다.

그러나 칭찬을 받은 아코 본인은 의아한 듯이 고개를 갸웃했다.

"그럴 생각은 전혀 없었는데요?"

"……어라?"

아키야마가 아코랑 반대 방향으로 고개를 살짝 갸웃했다.

"그럼, 무슨 생각으로 화해를……?"

"이걸로 따돌림을 당하게 되더라도 딱히 상관없겠다 싶어서요.”

“에에에에엑?!”

하긴, 친구 따위는 필요 없다! 라고 말했으니까.

“반 친구를 생각해서 루시안과 사이좋게 보낼 수 없다니, 완전히 의미불명이잖아요! 반 친구는 처음이어서 너무 소중하게 생각했어요!”

“그거 반대 아니야?! 모두가 소중한 친구라는 걸 깨달아서, 몸을 던져 반 아이들을 중재해줘야 하는 거 아냐?!”

“오히려 조금 더 거리를 두고, 일주일에 한 번 정도 대화를 나누는 친구만 있는 게 좋아요.”

“아아아아아아~!”

아키야마가 절망적인 얼굴로 무릎을 꿇었다.

아코는 전혀 반성하지 않는 얼굴로 씨익 웃었다.

“저는 리얼충이 되지 않겠어요. 세테 씨!”

“되~자~고~!”

“싫~어~요~!”

오오오, 굉장해. 아코가 저 아키야마를 이겼어!

“역시 리얼충인 저는 제가 아니니까요!”

“그게 결론인가…….”

“멀쩡한 아이가 됐다고 생각했는데!”

고민하고 고민한 끝에 아코는 처음 방향으로 돌아가 버렸다.

성장하지 않았다고 한다면, 그렇지는 않지만.

"뭐, 상관없지. 나쁜 일도 아니고."

"니시무라까지! 뭐가 좋은 건데?!"

"친구가 어떤 건지, 남들과 친하게 지내는 건 어떤 마음인지 모르는 채로 허세 부리며 말하는 게 아니라, 아코가 자신의 마음으로 정한 거니까."

자기 몸으로 체험해보고, 스트레스가 쌓일 정도로 고민한 끝에 필요 없다고 말한다면 괜찮지 않을까.

적어도 나 역시 남에게 그런 말을 할 정도로 사교성이 좋지는 않고.

노래방 가자는 권유를 받아도 온라인 게임 해야 하니까 돌아갈래! 라고 말해버리는걸.

"그렇긴 하지만, 그렇긴 하지만…… 여기선 역시, 여러 사람과 친해지는 소중함이라든가, 동료의 소중함에 자각해야 하는 것 아냐?!"

"그런 정석이 아코에게 통할 리가 없잖아."

"제가 정석대로 가리라고 생각했나요? 이상한 소리를 하시네요~."

"나는 절대로 이상하지 않아~!"

그야 이상한 건 아코겠지만.

"요즘은 아코답지 않은 느낌이었으니까. 활기찬 모습을 보니까 나는 조금 안심이 돼."

"그렇긴 하지."

세가와도 다정한 얼굴로 웃으며 말했다.

"남에게 신경을 쓰면서 답답해하는 아코라니, 오히려 꺼림칙할 지경이었다니까. 니시무라랑 노닥거릴 수 있다면 다른 건 아무래도 좋다고 말하는 아코가 더 좋아."

"그런가……?"

얌전해진 아키야마에게 세가와가 살짝 말을 이었다.

"……게다가 정말로 아무래도 좋다고 생각했다면, 일부러 모두 앞에서 사과하는 척도 하지 않고 그냥 아무 말 없이 화해한 걸로 치고 넘어갈 수도 있었잖아."

확실히 아코는 아무 설명도 없이, 느닷없이 나랑 친하게 지내도 상관없었다. 반 전체가 어리둥절한 상태가 되더라도 무시하고 평소처럼 돌아갈 수도 있었다.

하지만 그러지 않았다.

"나는 말이지, 분명 아코는 카오에게 찬스를 주고 싶었을 거라고 생각해."

"……그럴지도."

아코는 대폭발할 것 같았던 고민의 원흉이었던 그녀를 책망하지 않았고, 오히려 동정했다.

다른 사람도 자신과 같은 일로 고민하고 있다며 공감하기까지 했다.

"전부 자기 방식대로 했지만, 그게 다른 사람을 위한 것이기도 했다면…… 그건 분명, 진심에서 나온 우정이라고 생각하는데?"

적어도 아코 나름의 우정이 거기에 있었을지도 모른다.

"으~음…… 잘 모르겠어요!"

"모르는 거냐……."

본인은 잘 모르는 것 같지만!

"하지만 그건, 정말로 좋아한다면 반에서 따돌림을 당하더라도 애정행각을 벌이세요! 라는 의미잖아? 우, 우정일까?"

"……결과적으로는 잘 풀렸으니까, 괜찮지 않을까?"

세가와는 땀을 주르륵 흘리며 말했다.

결과적으로 잘 풀린 것만으로도 성공이긴 하지만.

"아무튼 저는, 루시안과 평소처럼 보낼 수 있다면 그걸로 충분해요."

"여기까지 오면 나중 일은 알 바 아니지."

"두 사람 다 자유롭네."

"재들다워서 좋지 않아?"

세가와와 아키야마는 대체 뭔지~ 라는 표정으로 돌아갔다.

나중 일은 잘 부탁해.

"애초에 우리가 반 문제를 걱정하다니, 너무 잘난 척을 했어."

"그러게요. 반에서 붕 뜨는 정도가 딱 좋아요!"

그래그래, 붕 뜨는 정도가— 어라?

아코는 그렇지만, 나는 아니었을 텐데?

그렇게 잘 녹아들지는 않더라도, 나름대로 포지션을 확보

하며 살아가는 게 내 스타일이었다.

왜 아코랑 같이 나까지 반에서 붕 뜨게 되는 건데?

"……이상해."

"왜 그래요? 루시안."

눈앞에는 나와 화해해서 기분이 좋은 아코.

내 주변에는 아코밖에 없다.

다른 사람과 동떨어진, 조금 붕 뜬 공간.

"혹시 나는 여기에 끌려 들어온 건가……?"

"……네? 루시안? 무슨 소리인가요?"

설마……. 그냥 우연인 게 틀림없어.

"아니, 아무것도 아냐."

"그런가요?"

아코는 싱글벙글 악의 없이 웃었다.

이렇게 귀여운 내 신부가 그런 짓을 할 리가 없지.

"아, 루시안!"

그때, 아코가 뭔가 떠오른 듯이 말했다.

"제 동결 기간은 내일까지니까요."

싱글벙글, 결코 크지는 않지만, 부드럽고 잘 울리는 목소리로—.

"오늘은 열심히 저희 딸을 귀여워해줘요!"

——.

이러니저러니 해도, 방금 전까지 나와 아코는 화제의 중심이었고…….

게다가 반에서 유일하게 2인 1조로 있는 남자와 여자였기에…….

남자든 여자든, 힐끔힐끔 시선을 보내고 있었다.

그 탓인지, 순간적으로 반이 조용해졌다.

"저, 저기. 아코? 무슨 말을 하는 거야?"

"어, 그러니까 저랑 루시안의 딸 이야기를—."

"없거든?! 그런 건 존재하지 않아!"

"에에에에엑?! 그렇게 사랑을 담아 키웠잖아요!"

"큰소리 내지 마!"

들리잖아! 주변에 전부 들린다고!

"진짜냐?"

"어, 그러니까, 그런 관계?"

"헐……."

"아니야! 너희가 생각하는 건 전부 오해야!"

"오해가 아니라고요오오오."

"아코 넌 조용히 있어!"

남자든 여자든 상관없이 필사적으로 오해를 푸는 사이에 왠지 반도 평소와 같은 분위기로 돌아왔다.

그럴 생각은 없었건만, 반에 소재를 제공해서 분위기를 누그러트린 영웅일 텐데, 나와 아코는 역시 반 아이들과 조금 거리를 두게 된 것 같았다.

하지만 그 정도가 나와 아코다운, 우리의 평소 위치일지도 모른다.

에필로그

“저, 부활했어요!”

And you thought there is Never a girl online?

"마침내 저, 부활했어요!"

"고작 일주일이었지만, 길게 느껴졌어."

"여러 일이 있었으니까."

"나는 레벨을 올렸을 뿐이다만."

겨우 영정사진에서 복귀한 메인 캐릭터를 앞에 둔 우리는 의기양양하게 로그인 버튼을 눌렀다.

"아아, 이 너무너무 귀여운 장비, 스스로도 과연 이래도 되나 싶은 스테이터스, 깜짝 놀랄 정도로 어중간한 스킬! 이게 바로 저라니까요!"

"잘난 듯이 말하지 마! 자각이 있으면 조금은 개선하라고!"

"포인트를 부었으니 이제 돌아갈 수 없잖아요!"

"큭, 지금부터 스탯 투자, 스킬 투자는 내 체크를 거치게 할까?"

"에이, 원하는 걸 올리자고요~."

뜯어 고쳐서 완전히 다르게 만들라는 소리는 하지 않겠지만, 조금씩 할 수 있는 범위 안에서 멀쩡하게 만들어주고 싶었다.

왠지 현실의 아코를 대하는 태도와 비슷한 것 같지만—아니아니, 현실과 게임은 다르거든?

"후후후후후, 이 넋을 잃을 것 같은 꽃미남 모습. 내 슈바인 님이 돌아왔어."

"음, 세가와가 슈바인 님으로 돌아왔다는 건, 돼지공주 모드도 종료인가."

"화내지 않는 슈도 좋았는데요……."

"너희들, 나한테 무슨 불만이라도 있어?"

벌써 평소의 슈로 돌아왔어!

아아, 하지만 저 게슴츠레한 시선을 보니 진정이 된다. 이게 바로 세가와다.

"훗훗훗, 이 빛나는 장비야말로 내 상징이지! 당장 과금이다! 과금하겠다!"

우와아, 마스터도 잘못된 방향으로 가고 있어!

"느닷없이 과금?! 뽑기 내용도 변하지 않았는데 과금할 필요 없잖아?!"

"오해하지 마라, 루시안. 나는 뭐를 갖고 싶어서 과금하는 게 아니다. 과금하고 싶으니까 과금하는 거다."

"중독처럼 돼버렸어!"

"과금 의존증……? 병원에 가는 편이 낫지 않아?"

"그럼 제 계정으로 과금해주시지 않을래요?"

"그만둬 그만둬."

떼쓰지 말라고.

"으음, 결국 레벨은 따라잡지 못했네."

게임 안에서 무땅을 만지작거리던 아키야마가 입을 열었다.

레벨이 낮은 우리를 지원해주고, 반에서는 열심히 돌아다녀서, 이번 주는 꽤나 힘들었을 테니까 레벨을 올리고 있을 때가 아니었겠지.

"하지만 제대로 진행하고 있으니까 따라잡는 것도 시간문제거든? 각오하라고!"

"기대하고 있을게."

"오히려 빨리 따라잡을 수 있도록 함께 가지 않겠나."

"전직하고 나서요!"

"맞아 맞아. 전직해야지!"

이번에야말로 정말로, 새로운 우리가 시작된다.

결국 새로운 자신보다는 지금까지의 자신이 낫다는 생각을 하게 됐지만— 그렇다고 해서 성장하고 싶지 않다고 생각하는 건 아니다.

오히려 미래가 더 기대될 정도다.

"그럼 또 전원이서 퀘 받자고."

"다운될 때는 함께라는 의미지?"

"같이 말려드는 거네요."

"핫핫핫! 우리는 죽을 때도 함께다!"

"좋지 않은 우정이네."

조금 떨어진 곳에서 세테 씨가 지켜보는 가운데, 우리는 전직 NPC 앞에 모였다.

“준비는 됐나? 간다.”

“오케이.”

“가, 가죠.”

“간다~!”

또 버그가 나면 어쩌지, 라는 불안 속에서, 우리는 NPC에게 말을 걸었다.

“수락한다…… 하나, 둘—!”

드르륵!

“—윽?!”

갑자기 이상한 소리가 들려서 전원이 굳어졌다.

설마 또 이상한 에러가?!

“자, 수고했어~. 너희들 덕분에 5반도 완전히 진정된 것 같으니까, 나도 부활동에 고개를 내밀 수 있게 됐어. 고마워.”

아아아아아아앗! 그냥 선생님이 문을 연 소리였냐! 엄청 놀랐잖아!

“아아, 정말 놀랐잖아! 이상한 타이밍에 들어오지 말아주세요!”

“분위기를 읽어주세요. 고양이공주 씨!”

“선생님. 이건 좀 아니지.”

“조금은 생각을 해주시죠!”

“냐아아아아아아?!”

“풋…… 수고하셨어요. 유이 선생님.”

부실에 오자마자 성대하게 디스를 당하자, 고양이공주 씨가 울었다.

아아, 이것도 평소 광경이네.

"좋았어. 다시 퀘 받자!"

"기다리라냐! 선생님도 전직퀘 한다냐!"

"좋겠다~, 나도 하고 싶어~."

"나나코도 같이 버튼 누를래?"

와글와글 떠들썩하게 준비를 하고—.

"그럼 간다! 5!"

마스터가 카운트다운을 시작했다.

"4!"

이어서 내가.

"3~!"

그 다음은 아키야마가.

"냐아!"

선생님이.

"일!"

세가와가.

"스타트예요!"

그리고 아코의 말을 끝으로, 우리는 동시에 마우스를 눌렀다.

평소와 변함없는 우리의, 새로운 모험이 시작된다.

■작가 후기

초보자 채팅으로 실례합니다.

오랜만입니다. 슬슬 갖고 돌아가기에는 무거운 레벨이라고 생각해서 전자책으로 11권까지 한꺼번에 샀다고! 라는 분이 계시다면 처음 뵙겠습니다.

키네코 시바이입니다.

『온라인 게임의 신부는 여자아이가 아니라고 생각한 거야?』 Lv.11입니다. 기다리고 기다리던 전직도 끝나고 더욱 레벨을 올렸지만 자신의 성장 방향성을 어떻게 정해야 할지 조금은 고민하게 되는, 그런 Lv.11 같은 느낌이 나오면 좋겠다고 생각한 한 권이었습니다.

그럼, 새로운 후기로서 제 캐릭터가 Lv.11이었을 때에 일어난 사건에 대해 이야기하려고 합니다.

그건 잊을 수 없는 14년 전— 당시 MMORPG 초보자였던 저는 마법사인데 타격으로 적을 쓰러트리며 레벨을 올리는 의문의 플레이를 하고 있었습니다. 제약 플레이가 아니라, 그냥 순수한 플레이었습니다.

게다가 타격을 강화하기 위해 STR(근력) 스테이터스만 올리고 있었습니다. 마법이 꽝인 마법사였던 겁니다.

그러던 어느 날, 저는 인생 최초의 파티 플레이 초대를 받았습니다. 의기양양하게 응한 제게 날아온 충격의 한 마디는, 다음과 같습니다.

"엥? 어떻게 해야 그렇게 약한 마법을 쓸 수 있는 거야?"

그날 바로 캐릭터를 다시 만들었습니다.

초보자 채팅으로 실례했습니다.

초보자를 탈출한 즈음에서 감사의 말씀을—.

일러스트 담당 Hisasi 씨. 바쁘신 와중에 멋진 그림을 그려 주셔서 감사합니다.

이런저런 폐를 끼친 담당자 님. 이번에야말로 식사를 함께 하고 싶네요.

코미컬라이즈의 이시가미 카즈이 씨. 가혹한 스케줄을 거친 간행, 정말로 수고하셨습니다.

애니메이션에 관여하신 여러분. 멋진 작품을 만들어주셔서 감사합니다.

마지막이 되었습니다만 독자 여러분. 지금까지 읽어주셔서 진심으로 감사드립니다. 그리고 부디 앞으로도 잘 부탁드립니다. 본편은 여전히 계속되니까요!

그럼 기회가 된다면 꼭 다시 뵙도록 하죠.

키네코 시바이였습니다.

■역자 후기

안녕하세요. 불초 역자입니다.

요즘은 뭔가 새로 하지도 않고 하던 것들이나 계속 하면서 느긋하게 보내고 있습니다. 유일하게 운동은 다시 시작했군요. 가벼운 조깅이나 스트레칭 정도지만 역시 건강을 생각하면 안 하는 것보다는 하는 게 낫다는 판단이 들었거든요. 이 후기를 쓰는 현재는 날씨가 추워서 두껍게 입고 나가야 하는 게 좀 애로사항이긴 하지만요. 그런데 매일 해야지, 해야지 해서 운동 시작했다가 작심삼일로 끝내왔던 제가 과연 다음에 후기를 쓸 때까지 운동을 계속할 수 있을지…… 이번에야말로 계속 했으면 좋겠다고 새삼 다짐을 해 봅니다.

이번 이야기는 서브 캐릭터를 키우는 이야기였습니다. 사실 저도 서브 캐릭터는 잘 안 키우는 주의입니다. 그걸 키울 바에는 메인 캐릭터나 더 키우지……라는 생각이기도 하고, 서브를 키우기 시작하면 신경을 쏟는 게 분산되니까 하나에 집중하기 좀 그렇더라고요. 그래도 본문의 사건처럼 오랜만에 다시 레벨 1부터 다른 직업으로 시작하거나 하면 꽤 그리운 느낌이 드는 건 어쩔 수 없죠. 저도 그런 경험이 딱 한 번 있었습니다. 옛날에 접었던 게임을 다시 하려는데 기존에 하던 서버를 옮겨서 아예 새로 키웠었죠. 처음 시작 퀘스트부터 리뉴얼이 된지라 꽤 신선한 느낌으로 했었는데, 그래도 중간 중간 예전 퀘스트의 기억이 새록새록 살아나서 새삼 즐거웠던 경험이 있습니다. 해당 게임이 서버 종료를 하지 않고 오래 버텨야 한다는 사소한(?) 문제점은 있지만, 가끔은 그런 것도 좋더라고요. 변해가면서도 변하지 않은 부분도 있는, 온라인 게임의 장점이라고 생각합니다.

그럼 후기는 이쯤 하고, 다음 권에서 뵙겠습니다.

온라인 게임의 신부는 여자아이가 아니라고 생각한 거야? 11

초판 1쇄 발행 2017년 5월 10일

지은이_ Kineko Shibai
일러스트_ Hisasi
옮긴이_ 이경인
일본판 오리지널 디자인_ AFTERGROW

발행인_ 신현호
편집부장_ 김은주
편집진행_ 최은진 · 김기준 · 김승신 · 원현선 · 김솔함
편집디자인_ 양우연
국제업무_ 정아라 · 고금비
관리 · 영업_ 김민원 · 이주형 · 조인희

펴낸곳_ (주)디앤씨미디어
등록_ 2002년 4월 25일 제20-260호
주소_ 서울시 구로구 디지털로 26길 111 JnK디지털타워 503호
전화_ 02-333-2513(대표)
팩시밀리_ 02-333-2514
이메일_ lnovelpiya@naver.com
L노벨 공식 카페_ http://cafe.naver.com/lnovel11

ISBN 979-11-278-4117-1 04830
ISBN 978-89-267-9843-0 (세트)

값 6,800원

© 2015 by TATEMATSURI
Illustration Ruria Miyuki

신화 전설이 된 영웅의 이세계담 1~2권

타테마츠리 지음 | 미유키 루리아 일러스트 | 송재희 옮김

오구로 히로는 일찍이 알레테이아라는 이세계로 소환되어
《군신》으로서 동료와 함께 나라를 구하고,
주변 나라들을 정복하여 거대한 제국을 건설했다.
그 후, 히로는 모든 것을 버리기로 각오하고
기억을 잃는 대가로 원래 세계로 귀환한다.
그 후, 매일 행복한 날을 보내던 히로는
무슨 운명인지 또다시 이세계로 소환되고 만다.
그곳은 바로— 1000년 후의 알레테이아?!

자신이 이룩한 영광이 『신화』가 된 세계에서
『쌍흑의 영웅왕』이라 불렸던 소년의 새로운 『신화전설』이 막을 올린다!

라이트노벨의 새로운 빛! L노벨의 신간은 매월 10일에 발매됩니다. http://cafe.naver.com/lnovel11

NOVEL

창강의 모독자 1권

사카키 이치로 지음 | 아카이 테라 일러스트 | 원성민 옮김

이세계에 환생한 건 마니아 청년 아마노 유키나리는
은인의 여동생인 한 소녀와 함께 여행을 하고 있다.
여행 도중 토지신에게 습격당한 그는
환생했을 때 손에 넣은 능력과 자신의 총기 지식을 활용하여
보통 사람이라면 쓰러뜨릴 수 없는 토지신을 쓰러뜨린다.
그리고 그는 신을 이김으로써 그 토지의 새로운 신으로 숭배 받게 되는데?!

이세계 총 × 검 배틀 액션 등장!!